Arnaud de Pontac

ÉVÈQUE DE BAZAS

PIÈCES DIVERSES

RECUEILLIES ET PUBLIÉES

PAR

PHILIPPE TAMIZEY DE LARROQUE

I0637394

BORDEAUX

PAUL CHOLLET, LIBRAIRE-ÉDITEUR,

53, Cours de l'Intendance, 53

Août 1883.

(5)

A Monsieur Léopold Delisle
affectueux hommage
Ph. Tamizey de Larroque

Arnaud de Pontac

ÉVÈQUE DE BAZAS

PIÈCES DIVERSES

RECUEILLIES ET PUBLIÉES

PAR

PHILIPPE TAMIZEY DE LARROQUE

BORDEAUX

PAUL CHOLLET, LIBRAIRE-ÉDITEUR,

53, Cours de l'Intendance, 53

Août 1883.

PRÉFACE

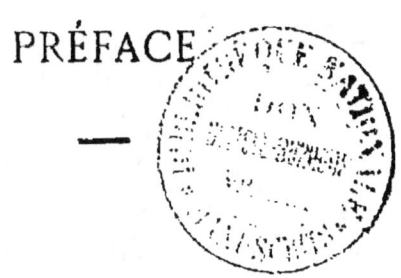

Arnauld de Pontac, qui fut un des plus célèbres personnages de son temps, n'a pas obtenu la plus petite mention
dans deux recueils aussi considérables que la *Biographie
universelle* et la *Nouvelle Biographie générale*. Je ne man-
quai pas de signaler cet étrange oubli, quand je publiais
quelques notes sur un ami de l'évêque de Bazas (1); j'ajoutai
que j'espérais qu'il se trouverait bientôt en Aquitaine quelqu'un qui, dans une étude spéciale, le vengerait d'un tel
affront. Mon espoir ne devait pas être trompé. Dix ans après,
paraissait une *Notice sur messire Arnaud de Pontac, évêque
et seigneur de Bazas* (2) où le plus digne hommage est rendu

---

(1) *Essai sur la vie et les œuvres de Florimond de Raymond*, conseiller au parlement de Bordeaux (Paris, 1867, in-8º, p. 51).

(2) Bazas, imprimerie F. Constant, Cours Ausone (in-8º de 33
pages, sans date et sans nom d'auteur). C'est un tirage à part, à fort
peu d'exemplaires, du *Glaneur*, journal de l'arrondissement de Bazas.

à celui qui fut « une des lumières de l'église de France ». Quoique succincte, cette notice fait admirablement connaître la vie du savant prélat, et je la recommande vivement à tous ceux qui aiment à trouver condensés dans des pages écrites avec talent, des renseignements recueillis avec conscience.

Par une coïncidence heureuse, pendant que l'on imprimait la *Notice sur messire Arnaud de Pontac,* un des plus aimables érudits qu'il m'ait été donné de connaître, M. Jules de Gères, s'occupait de ce grand personnage. Le chapitre qu'il lui a consacré dans le recueil auquel il travaillait avec une si patriotique ardeur (1), au moment où une mort prématurée vint l'enlever à notre affection, ce chapitre, dis-je, complète à divers égards l'étude dont M. de Gères salue en ces termes le triple mérite : « Nous osons à peine reprendre la plume sur un sujet pour lequel un devancier — resté impénétrablement inconnu malgré nos plus indiscrètes investigations, — l'a déjà prise et tenue avec une autorité si compétente, une érudition si précise, et une si rare distinction ». C'est surtout au

---

La notice a paru dans les premiers mois de 1878. Un grand curieux a demandé le nom de l'auteur dans la *Revue des Bibliophiles* de décembre 1878 (p. 17) et on a un peu soulevé le voile de l'anonyme dans le nº de juillet 1879 de la même revue (p. 293). Depuis ce jour, j'ai sû d'une manière certaine quel est le trop modeste biographe, mais je ne suis pas autorisé à révéler son secret.

(1) *Alphabets de Guienne. Notices biographiques et bibliographiques sur les principales notoriétés anciennes et modernes du pays bordelais.* L'article *Pontac* a paru dans la *Guienne* des 16, 22, 30 septembre et 7 et 14 octobre 1878. Voir, au sujet des *Alphabets de Guienne,* mes éloges, mes regrets et mes vœux dans la *Revue de Gascogne* de novembre 1878 (p. 518-521). Conférez *Revue des Bibliophiles* de janvier 1880 (p. 83).

point de vue bibliographique que l'article de M. de Gères sur Arnauld de Pontac (1) est vraiment précieux. L'auteur des *Alphabets de Guienne*, dépassant de beaucoup la grande quantité d'indications déjà fournies à cet égard par Paul Colomiès (2), a énuméré, pour ainsi dire, tous les livres d'autrefois et d'aujourd'hui que l'on peut consulter sur la vie et les œuvres de l'évêque de Bazas.

Une troisième bonne fortune était réservée à la mémoire d'Arnauld de Pontac. Peu de temps après que M. de Gères eut si habilement signalé, résumé et complété tous les travaux antérieurs, un critique dont la réputation est aussi grande que méritée, M. Jules Delpit, publia dans la *Revue des Bibliophiles* (3) de très intéressantes *Notes sur diverses éditions d'un livre curieux d'Arnaud de Pontac, évêque de Bazas*. Le livre étudié par M. Delpit est cet abrégé de l'histoire universelle intitulé : *Chronographia in duos libros distincta prior est de rebus Veteris Populi, auctore Gilberto Genebrardo, theologo parisiensi; posterior, recentes histo-*

---

(1) M. de Gères, qui était un collectionneur des plus fervents et des plus favorisés, possédait une quittance sur parchemin, datée du 16 juillet 1595, signée *Arnauld* et non *Arnaud*. « Nous n'en aurions pas fait mention, » dit-il, « si elle ne nous justifiait, par sa teneur, d'avoir orthographié son prénom *Arnauld*. »

(2) *Gallia orientalis, sive Gallorum qui linguas orientales excoluerunt vitæ* (La Haye, 1665, in-4°, p. 59-62). Dans les *Variorum Testimonia de Pontaco et ejus scriptis*, le docte bibliographe a groupé des extraits des ouvrages du père Jacob, de Henri de Sponde, de Gabriel de Lurbe, de Papire Masson, de Joseph Scaliger, de Isaac Casaubon, de Samuel Petit, de Vossius, de David Blondel, etc.

(3) Janvier et février 1880, p. 45-48 et 75-78.

*rias præsertimque ecclesiasticas complectitur, auctore
Arnaldo Pontaco, Burdegalensi.* M. Delpit analysa lumi-
neusement l'œuvre des deux savants amis ; il examina surtout
la seconde partie où le futur évêque de Bazas s'est occupé de
l'histoire du monde depuis la naissance de Jésus-Christ
jusqu'au jour où le travail fut livré à l'imprimeur, c'est-à-dire
jusqu'au 12 juin 1566, et il montra combien est importante
la partie de ce travail relative à l'époque moderne, partie
rédigée « à l'aide des souvenirs personnels de l'auteur ou d'après
les souvenirs de personnages contemporains des faits racon-
tés ». M. Delpit décrivit avec un soin extrême presque toutes les
éditions données de la *Chronographie* depuis 1566 jusqu'en
1600, éditions qui sont au nombre de douze (1), et il ter-

(1) J'ai eu jadis l'occasion de voir à la Bibliothèque Nationale une
de ces douze éditions, celle qui a reçu le n° 3 dans la classification de
M. Delpit. Je suis d'autant plus content d'avoir eu cette édition entre
les mains, qu'elle est moins connue. M. Delpit lui-même n'a pu en
parler qu'assez vaguement : « S'il faut s'en rapporter, » dit-il, au père
Niceron et aux auteurs modernes qui l'ont suivi, dès l'an 1570, un
libraire de Louvain, dont le nom n'est pas indiqué, fit imprimer une
troisième édition de ce volume dans un format non déterminé ». Le
volume est un in-12 de 290 feuillets. En voici le titre complet : *Chronographia in duos libros distincta. Prior est de rebus veteris populi,
auctore Gilberto Genebrardo, Theologo Parisiensi : posterior recentes
historias, præsertimque ecclesiasticas complectitur, Authore Arnaldo
Pontaco Burdegalensi : nunc quidem primum ad studiorum commodi-
tatem in minorem formam redacta, castigata etiam nonnullis in
locis, aucta quoque et novo indico locupletata. Lovanii apud Joannem
Foulerum Anglum, cum privilegio.* La Chronologie d'Arnauld de
Pontac a été continuée jusqu'à l'année 1570 (voir le f° 289). Avant
l'*Index Chronographiæ copiosus* on trouve cette autorisation : *Hæc
chronographia in duos libros distincta, prout correcta et aucta est, per*

mina son article par ces piquantes réflexions (p. 18) :
« Malgré le nombre si respectable de toutes ces éditions, et
malgré l'importance historique et scientifique de l'œuvre du
célèbre évêque de Bazas, le *Manuel du Libraire*, de M. J.
Ch. Brunet, n'en fait aucune mention ; le *Gallia Christiana*
imite de Brunet le silence étonnant, et les biographies uni-
verselles, portatives, nouvelles, etc., n'en soufflent pas un
mot. Ces notes pourraient donc n'être pas tout à fait inutiles
aux historiens et aux bibliophiles bordelais ».

Grâce aux excellents travaux que je viens de signaler, je
n'ai pas à revenir sur la vie d'Arnauld de Pontac, ni sur sa
bibliographie. Je vais donc me contenter de dire un mot de
chacune des pièces que j'ai cru devoir mettre sous les yeux du
lecteur.

La première de ces pièces est la *Remontrance du clergé de
France, prononcée devant le Roy par l'Evesque de Bazas le
3 de juillet 1579.* On sait tout le retentissement qu'eut la
courageuse et éloquente harangue d'Arnauld de Pontac.
L'histoire a célébré la noble attitude de l'évêque non moins
que le talent de l'orateur (1). La première édition de la
Remontrance, qui est de l'année même où se tint à Melun

---

*has regiones imprimæ vel vendi potest. Actum Lovanii 14 decembris
1569 Thomas Goʒæus à Bellomonte, Sacræ Theologiæ professor et
librorum per Germaniam inferiorem approbator.*

(1) Mézeray notamment *(Histoire de France,* t. III, in-f°, 1651, pp.
212, 213) vante la liberté, la hardiesse du langage d' « Arnould de
Pontac, » et déclare que sa harangue « veritablement estoit belle ». Il
faut rapprocher des éloges du vieil'historien, les éloges du biographe
de 1878 (p. 20). Les auteurs du *Gallia Christiana* (t. I, col. 1211) ont
appliqué à la remontrance l'épithète *luculenta.*

l'assemblée du clergé au nom de laquelle Pontac porta la
parole, a presque entièrement disparu (1). Les éditions sui-
vantes sont, pour ainsi dire, ensevelies dans de gros recueils
peu répandus (2). On sera donc heureux de trouver ici le
texte complet du beau discours que la plupart ne connaissent
que par les analyses ou les citations qui ont été données çà
et là.

Après ce discours, sous le nᵒ II je publie deux lettres inédites d'Arnauld de Pontac, l'une adressée, le 20 février
1589, au duc de Nevers, l'autre adressée, le 1ᵉʳ novembre
1604, à un personnage qui n'est pas nommé, mais en qui
l'on doit reconnaître, ce me semble, le savant Pierre du Puy.
J'aurais bien voulu pouvoir offrir au lecteur un plus grand

---

(1) J'en ai vainement cherché un exemplaire dans toutes les biblio-
thèques publiques de Paris et du Sud-Ouest. Aucun des grands collec-
tionneurs à qui je me suis adressé ne possède cette édition. Seul, M.
de Gères en avait un exemplaire auquel manquaient quelques feuillets, et ce qui le consolait quelque peu des lacunes de sa plaquette,
c'est qu'il n'avait pu trouver un bibliophile je ne dis pas plus heureux,
mais même aussi heureux que lui. Si l'auteur du *Manuel du Libraire*
n'a pas cité l'édition publiée à Paris chez Robert Coulombel, rue
Sainct-Jean de Latran, à l'enseigne d'Alde (avec permission), c'est
qu'il n'avait jamais rencontré ce petit in-18 de 37 pages. M. de Gères
espérait que les ouvrages de Pontac figureraient dans le *Supplément* au
Manuel du Libraire publié par MM. P. Deschamps et G. Brunet (1878-
1880). Ces savants bibliographes n'ont pas justifié l'espoir de M. de
Gères. Attendons avec confiance une nouvelle édition de leur précieux
recueil.

(2) Voir notamment : *Recueil des Remonstrances, Edicts, contrats,
et autres choses concernans le clergé de France augmenté en ceste
seconde édition de plusieurs arrests* (Paris, Jean Richer, 1599, in-8ᵒ,
fᵒ 1-10). On retrouve la *Remonstrance* en tête du premier volume
du *Recueil général des affaires du clergé de France* (Paris, Antoine
Vitré, 1635, in-4ᵒ).

nombre de lettres inédites de l'évêque de Bazas (1), et j'ai rarement autant gémi d'avoir si peu trouvé après avoir beaucoup cherché (2).

Je reproduis, ensuite, (n° III) une pièce qui parut pour la première fois peu de jours après la mort du prélat : *Les honneurs funèbres de messire Arnauld de Pontac, conseiller ès conseils d'Estat et privé du Roy, et évesque de Bazas; avec l'Oraison funèbre de Messire Arnauld de Pontac, évesque de Bazas, par M. G. Dupuy, chanoine, et second archidiacre de Bazas* (3). Cette pièce était déjà des plus rares trois années après qu'elle eut vu le jour, car l'abbé Dupuy la supprima « le plus qu'il put, sans qu'on en sache la raison », ainsi que s'exprime le P. Niceron (4), et, comme j'ai eu l'occasion de le rappeler jadis (5), on lit dans les *Epistres*

---

(1) On a imprimé, à la fin du XVIᵉ siècle, une longue lettre écrite de Rome, en 1569, par Arnauld de Pontac « à M. de l'Ange, conseiller du Roy en sa cour de Parlement de Bourdeaux », lettre relative au fameux collège de Guyenne, dont il s'agissait de confier la direction aux Jésuites *(Plaidoyé de Baptiste Du Mesnil, Avocat général, en la cause de l'Université contre les Jésuites, en 1564*, etc. Paris, 1594, in-8°). M. Ernest Gaullieur n'a pas mentionné, dans l'*Histoire du collège de Guienne* (Paris, 1874, grand in-8°), ce document si important.

(2) Une déplorable fatalité ne me permet pas de retrouver la copie d'une troisième lettre inédite dont l'original appartient à l'immense collection que l'on appelle le fonds français, à la Bibliothèque nationale. Je regrette d'autant plus cette lettre qu'elle est plus intéressante. Arnauld de Pontac y signale d'une façon rapide, mais saisissante, la dévastation par les huguenots de la vieille cathédrale de Bazas.

(3) Bourdeaus, par Sim. Millanges, imprimeur ordinaire du Roy, in-8° de 79 pages, 33 pour les *Honneurs* et 46 pour l'*Oraison funèbre*.

(4) *Mémoires*, t. XXII, p. 297.

(5) *De la fondation de la Société des bibliophiles de Guyenne* (1866, p. 44).

*françoises des personnages illustres et doctes à Joseph Just
de la Scala* (1624, in-8°) ces mots écrits de Bordeaux par P.
Sentout, le 8 Janvier 1608 : « Je vous envoye l'oraison
funèbre de feu M. de Bazas, de laquelle je vous avois parlé
à Leyden, qui m'a esté assez malaisée à recouvrer, à cause
que l'autheur a fait perdre tous les exemplaires qu'il a pu ».
En 1854, un spirituel amateur, qui a touché d'une main
heureuse à bien des choses, M. Henry Ribadieu, voyant
combien il était difficile de se procurer un recueil, « qui
intéresse cependant au plus haut degré l'histoire ecclésiasti-
que de notre province », la réimprima sous le titre que voici :
*Pièces relatives aux dignités, à la vie et aux obsèques de
Messire Arnauld de Pontac, conseiller és-conseils d'Etat et
privé du roi, et évêque de Bazas* (1). Cette seconde édition
ne fut tirée qu'à cent exemplaires, bien vite épuisés, de sorte
qu'aujourd'hui la réimpression faite par l'ancien rédacteur
en chef de la *Guienne* est aussi introuvable que l'édition
princeps (2). En publiant une troisième édition des *Honneurs*

---

(1) Bordeaux, imprimerie Dupuy, in-8° de 32 pages, plus 6 autres
pages non chiffrées. M. Ribadieu disait dans la *Notice bibliographique :*
« La première édition a dû être imprimée dans le courant du dernier
siècle. C'est du moins ce que nous avons cru reconnaitre en exami-
nant le papier et les caractères typographiques; car le feuillet sur
lequel devaient se trouver le titre, la date de la publication et le nom
de l'imprimeur, a été enlevé du seul exemplaire que nous avons entre
les mains : nous en sommes donc réduit aux conjectures ». Ces conjectures tombent devant la date certaine (1605) qu'assignent à la première
édition des *Honneurs funèbres* tous les bibliographes, notamment
l'auteur de la *Bibliothèque historique de la France* (t. I. p. 559, n°
8105).

(2) C'est ici le cas de rappeler une remarque de M. Jules Delpit
(*Revue des Bibliophiles* de février 1870, p. 76) : « Les livres publiés sur

funèbres et de l'*Oraison funèbre,* je me plais à croire que je donnerai satisfaction aux *desiderata* de bon nombre de curieux qui n'ont jamais vu ni la plaquette de 1605, ni celle de 1854. J'ajouterai que cette édition sera un peu plus fidèle encore que celle de M. Henry Ribadieu, car mon devancier, a cru devoir rajeunir l'orthographe des premières années du XVIIe siècle, tandis que j'ai reproduit au contraire, d'après l'exemplaire de la Bibliothèque nationale (1) le texte primitif avec le respect le plus scrupuleux.

Je groupe, sous le titre de *documents divers* (n° IV), une lettre latine adressée au futur archevêque d'Aix, Gilbert Genebrard, par son collaborateur, lettre qui a déjà paru dans les diverses éditions de la *Chronographie* publiées en 1584, 1585, etc., et dont M. Jules Delpit a dit qu'elle est « très curieuse », et qu' « aucun biographe n'a utilisé jusqu'ici cet important document » ; (2) une note qui renferme

---

Arnaud de Pontac semblent prédestinés à une rareté incurable ». Et le savant écrivain énumère, comme à peu près ou entièrement hors d'atteinte, le discours que le père Caillau adressa en 1573 à l'évêque de Bazas et qui fut imprimé à Bordeaux, l'éloge funèbre de 1605, la réimpression de 1854, la notice de 1878, enfin celle de M. Jules de Gères.

(1) L n 27 650. Dans le *Catalogue de l'Histoire de France* (t. IX, p. 262), on a pris le *prénom* de l'évêque de Bazas pour son nom, et on a placé le discours de l'abbé Dupuy parmi les livres consacrés aux personnages de la lettre *A.*

(2) *Revue des Bibliophiles* de février 1879, p. 77. Je dois la copie de ce document à la gracieuse obligeance de mon ami Monsieur l'abbé L. Bertrand, qui, par sa bonté comme par son érudition, ressemble tant — on l'a déjà souvent dit avant moi — à son héros Laurent Josse Le Clerc.

un éloge de l'évêque de Bazas retracé, au XVIIᵉ siècle, par un écrivain anonyme du Bazadais, note que, reprenant mon bien où je le trouve, je tire de la *Revue d'Aquitaine*, à laquelle j'en avais autrefois fait cadeau (1); enfin un opuscule dans lequel figure très honorablement Arnauld de Pontac, intitulé : *Lamentation de la ville de Baʒas frapee de peste* (2). Ce dernier document m'a été communiqué par M. Jules de Gères, qui l'a cité dans la *Bibliographie* de l'article *Pontac* des *Alphabets de Guienne*. Rien n'est plus rare que ce livret : il manque à toutes les collections publiques ou particulières de Paris et de la province. En reproduisant l'exemplaire unique du château de Mony, c'est-à-dire en donnant, après des pièces que l'on ne rencontre presque pas, une pièce que l'on ne rencontre jamais, et dont le style est de la plus amusante originalité, j'offre à mes convives, pour leur dessert, un plat plus friand que tous les autres.

PHILIPPE TAMIZEY DE LARROQUE.

(1) Tome XI, 1867, p. 369 : *Notes pour servir à l'histoire de la ville de Baʒas recueillies par Baluʒe.*

(2) 1606, in-18 de 52 pages. Sans nom de ville et d'imprimeur.

I

Remonstrance
DV CLERGÉ
de France pronon-
cée devant le Roy par
l'Evesque de Bazas,
le 3 de Iuillet
1579.

Si nous nous taisons et ne voulons l'anon-
cer, nous serons coulpables de crime : venez
allons et le faisons entendre en la Cour du
Roy. 4 Reg. 7.

REMONSTRANCE

DV CLERGÉ DE FRANCE,

prononcee deuant le Roy, par l'E-
uesque de Bazas le troisiesme de
Iuillet. (1)

Si tacuerimus, et noluèrimus nuntiare
fceleris arguemur : venite, eamus, et nun-
tiemus in aula Regis. 4. Reg. 7.

SIRE, Les Archeuefques, Euefques, & autres Prelats & Benefi-
ciers reprefentans le Clergé de France, affemblez à Melun, par
voftre permiffion, vous remonftrent tres-humblement, que s'eftans
propofez deuant les yeux, pour but de leurs actions, voftre feruice, la
defcharge de leur confcience, & surtout l'honneur de Dieu : qui leur
éft principalement donné en charge & en fpecial mandement : ils ont
bien voulu en premier lieu & deuant toutes choses, examiner &
rechercher foigneufement, la cause principale de la deformité & debor-

---

(1) Dans l'édition de 1599, on a ainsi modifié ce titre : *par R. P. en Dieu, messire Arnauld de Pon-*
tac, evesque de Bazas.

dement, qui ſe trouue pour le iourd'huy au ſeruice de Dieu, & en
leur eſtat : & lequel tire apres ſoy, par le iuſte iugement de Dieu, la
corruption de celuy de voſtre royaume. Et après s'eſtre mis tous
enſemble en deuotion, & auoir inuoqué le Sainct Eſprit, ils ont ſenti
qu'il leur auoit viuement touché au cœur, pour cognoiſtre & iuger qu'il
eſtoit meſhuy temps, que pour remettre la crainte & seruice de Dieu en ce
Royaume, ils procedaſſent ſincerement & ſans feintiſe à la reformation d'eux-meſmes, & du reſte de l'eſtat Eccléſiaſtique. Et comme ils
ſe ſont promis, que ceſte saincte intention vous ſeroit bien aggreable :
auſſi ils nous ont enuoyé exprès, vers voſtre maieſté, pour la ſuplier
tres humblement d'en vouloir agreer, receuoir & authorizer les moyens,
dont, s'il vous plaiſt, nous vous ferons preſentement ouverture :
ayans nous tous qui ſommes cy preſens d'autant plus volontiers
accepté ceſte charge, qu'il y va purement de l'honneur de Dieu, de
l'acquit de voſtre conſcience, & de celle du clergé. Et que nous auons
penſé, que en ce nous vous faiſons le plus grand ſeruice, que nous
vous pourrions faire en toute noſtre vie, & qui vous puiſſe rapporter
plus de commodité & aduantage, tant enuers Dieu que les hommes.
Et pour ce faire nous ne nous eſtendrons point en grands discours
d'autant que nous scavons qu'il vous a eſté faict souvent, pluſieurs
grandes & belles remonſtrances sur mesme subiect : & que ſi la grandeur de voſtre piété, & les inconveniens que nous vous deduirons ne
ſont ſuffiſans, pour vous perſuader, il n'eſt à eſpérer, que le long
propos & le fard de langage propre & inventé pour les perſonnes, qui
ſont de foy mal affectées à la verité, y puiſſent rien prouffiter.

Le premier de ceux qui ont eſté eſtimez des plus ſages entre les
Grecz (1), eſtans une fois reprins d'Eſope le moqueur, pour n'auoir
ſceu eſtre bon courtiſan à l'endroict du Roy Cræsus (2), parce, diſoit-
il, qu'il ne falloit du tout approcher des Princes qui ne leur vouloit

_____

(1) Ce fut Solon.
(2) Diogene de Laerte nous apprend (Liv. I. chap. II) que, pendant la dictature de Pisistrate
Solon se rendit en Egypte, puis dans l'île de Chypre, enfin à la cour de Crésus. Conférez Hérodote
(liv. I. chap. XXIX-XXXIII). Malgré ces témoignages, et d'autres encore, l'entrevue de Solon et de
Crésus est rejetée par la plupart des critiques.

complaire, refpondit que c'eftoit tout au contraire, ou qu'il ne s'en falloit point approcher, ou qu'il leur falloit dire la vérité & les bien confeiller.

L'Efcripture fainéte eft beaucoup plus fevère fur ce, à l'endroiét des perfonnes Ecclefiaftiques, leur en donnant fi expres commandement, que s'il y faillent, Dieu demandera de leurs mains, les ames des Roys, qui périront par faute de leur aduertiffement. Et fi d'une natu-relle inclination, c'eft chofe fafcheufe au fubjeét, d'apporter parole qui puiffe felon le monde déplaire peu ou prou à fon Prince, noftre condition eft en cela d'autant plus miferable, qu'il eft impoffible, felon l'Apoftre, que fi nous cherchons de complaire aux hommes, nous foions fideles feruiteurs & ministres de Dieu.

Nous vous difons cecy, Sire, pour vous supplier tres humblement, que fi vous trouuez rien au prefent difcours, qui vous femble eftre diét trop librement, qu'il vous plaife ne l'imputer à autre chofe, qu'à l'extreme affeétion que nous portons à l'honneur de Dieu, à voftre bien, conferuation de noftre eftat, & falut de nos ames, à l'exemple de tant de fainéts Euefques & bons Abbez, qui pour ce n'ont perdu le tiltre de bons fubiéts : ains enfin en ont efté eftimez & recogneuz des meilleurs ou des plus fidelles.

SIRE, il y a deux chofes, qui font les principales caufes, du defor-dre qui fe trouve pour le iourd'huy en l'eftat de l'Eglife, c'eft faulte de la difcipline Ecclefiaftique; & la feconde, qui caufe la première, faulte de perfonnes idoines & fuffifantes ès premieres charges & dignitez. Auxquels deux maux f'il eft remedié & pourueu, il fera bien facile de reuoir en peu de temps cefte belle face & fplendeur de l'Eglife Gallicane, tant renommee par toute l'antiquité, pour eftre la mere nourrice de la piété & religion des autres nations. Tefmoings à ce, les chefs d'ordre qui font en la France, des principales Religions monaftiques : & les grandes expeditions des anciens Roys & princes, pour planter la Croix & la cognoiffance du Vray Dieu ès pays barbares.

La difcipline ecclefiaftique n'eft moins neceffaire pour maintenir la crainte & fervice de Dieu, qu'eft la police & les loix civiles, pour conferver l'obeyffance des fubjeéts envers leur Prince.

Je diray bien davantage, que tous les Roys & Princes qui ont eſté ſages & bien conſeillez, en ont ſceu tirer plus de commodité, pour eſtablir leur eſtat & le perpetuer, que de leurs Edicts, Ordonnances, armées et garniſons. Et ſans m'arreſter à une longue deduction d'exemples, j'oſeray aſſeurer en general que jamais nation n'a eſté aultrement conquiſe & bien aſſeurée au vaincueur, ny peuple ramené, de fier & farouche, en une vie pacifique, pour amollir leurs cœurs & les rendre ſoupples ſoubs l'obeyſſance de la juſtice & reſpect de leur Prince, que par le moyen, reglement & miniſtère de religion.

Auſſi diſoit le Philoſophe Theologien, que la craincte de Dieu eſtoit la preface et le proeſme (1) de toutes les loix : & que c'eſtoit ce qui donnoit luſtre, credit & authorité aux ordonnances & commandemens des Roys. C'eſt Dieu, diſoit David, qui aſſubjetit le peuple ſoubs moy. Tant la nature de l'homme eſt noble & orgueilleuſe, qu'il ne s'abſſub-jettira jamais, ſi premièrement Dieu ne le dompte.

Et à ce peuvent ſervir de confirmation les deux Eſtats qui ſe trou-vent avoir plus proſperé, et duré plus longuement : l'un en forme de ſeigneurie, qui eſt celuy des Romains : l'aultre en tiltre de Royaume, qui eſt celuy des Françoys, que vous poſſedez aujourd'huy. Leſquels ſelon le teſmoignage des plus clair-voyans entre les anciens tant payens que chreſtiens, que je tais expreſſement, pour ne vous eſtre ennuyeux, n'ont eſté fleuriſſants ny heureux, que pour avoir eſté diligents obſervateurs de l'ordre, règlemens, & diſcipline de leur reli-gion. Or ſi la ſeule umbre de religion a eſté ſi efficace, à l'endroit des premiers qui eſtoient Payens, combien plus a peu le corps & l'eſſence de la vraye religion entre les Chreſtiens ?

Auſſi l'experience des ſiecles paſſez juſques naguères a monſtré qu'entre les chreſtiens (la gloire en ſoit à Dieu) les cenſures & ex-communications ont plus ſervy, pour dompter & contenir les cœurs durs & felons, en une bonne foy & ſociété civile, que la grandeur, valeur, puiſſance, loix & ordonnances des Roys & Magiſtrats.

---

(1) De *Proæmium*, proëme. Ce dernier mot, qui n'eſt pas dans le *Dictionnaire de l'Académie françaiſe*, a été admis dans le *Dictionnaire* de M. Littré. Déjà au milieu du ſiècle dernier, les rédacteurs du *Dic-tionnaire de Trévoux* l'appelaient : *Vieux mot qui ſignifiait autrefois entrée de diſcours*.

Dont, c'eſt choſe bien remarquable en l'antiquité, que la diſcipline eccleſiaſtique a eſté tant eſtimée, pour un aſſeuré lien de concorde, en un eſtat, que Julien l'Apoſtat voyant le cœur de ſes ſubjects fort aliené, jugea ne pouvoir trouver meilleur moyen de ſe faire bien vouloir, que de tranfferer & faire obſerver la meſme forme de diſcipline, en ſa religion, du ſervice des faux Dieüx & idoles : comme quelque temps devant, l'empereur Severe avoit uſurpé en l'eſtabliſſement du maʒiſtraſt, l'ordre des elections aux charges eccleſiaſtiques.

Et pour laiſſer les hiſtoires eſtrangeres, qui a il qui entretienne ſi long temps ceux de la nouvelle opinion, en un ſi mauvais fondement, que l'emprunct qu'ils ont faict de nos examens de conſcience, des excommunications, de l'eſtabliſſement des miniſtres par paroiſſes, des ſynodes tant particuliers que provinciaux, & brief de tant d'autres façons de diſcipline, dont ils uſent bien que comme ſinges de l'Egliſe, & les alterans ſelon leur paſſion ?

Si doncques, Sire, l'on vous remonſtre que ceſte diſcipline tant recommandée & neceſſaire, eſt en l'egliſe françoiſe non ſeulement abaſtardie, mais quaſi totalement eſteincte, que pouvez vous eſperer de nos offices & devoirs pour contenir le peuple en la craincte de Dieu & voſtre obeiſſance, ſi nous de qui elle depend, & qui ſeuls avons l'authorité de l'eſtablir & remettre, ſommes nonchalans & pareſſeux à la faire revivre ? Que deviendra la craincte de Dieu, ſi ce qui la garde, comme les cendres conſervent le feu, eſt amorty ?

Comment pourrez vous retenir & vous glorifier à bon droit du nom de Très chreſtien, c'eſt à ſçavoir d'eſtre chef & ſeigneur du peuple le plus chreſtien ? Quelle aſſeurance pourrez vous prendre de tous vos conſeils, edicts & ordonnances, pour regaigner l'amour & obeyſſance de vos ſubjects, s'ils ne ſont apprins & contenus en l'amour, crainte & obeiſſance de Dieu, noſtre commun Roy, ſeigneur & maiſtre, qui ſeul manie les cœurs, & les peut ranger à l'amiable comme il luy plaiſt ? Car, comme dict le Prophète Oſée en la perſonne des mauvais ſubjects : nous ne craignons point de Dieu, que nous ſera donc le Roy ? Que nous pourroit il ſervir, ou pourquoy le redoubterons nous !

Pour ces raiſons, & apres les avoir bien poiſées, avec pluſieurs autres, le clergé vous ſupplie tres humblement, que par voſtre authorité il lui foit permis de remettre la difcipline Ecclefiaftique, & de reformer à bon efcient, à l'honneur de Dieu, gloire & reputation de voftre nom & dignité. Il a choifi de toutes les regles de reformation & difcipline, celles qui ont efté, par le S. Efprit, dictées & efcriptes au fainct & univerfel concile de Trente : parce qu'il ne s'en trouve point qui foient plus aufteres & rigoureufes, ny plus propres à l'indifpofi-tion, & maladie prefente de tous les membres du corps ecclefiaftique : mais principalement parce qu'ils font liez & aftraincts aux lois ainfi faites par l'Eglife univerfelle, fur peine d'eftre tenuz pour fchifmati-ques, envers l'Eglife Catholique, Apoftolique et Romaine, & d'en-courir envers Dieu anathême & perpetuelle damnation. Que fi cela n'eft tenu pour conftant, tres ferme & tres veritable entre les chreftiens, c'eft fait de l'authorité de l'Eglife, vaine la Religion Chreftienne, vaine la predication de l'Evangile, que l'on ne croit que foubs la creance & authorité de la mefme Eglife. Il faudroit tenir pour feducteurs du peuple tant de Saincts evefques & martyrs qui font morts conftants, pour maintenir cefte foy & doctrine. Bien fimples & abufez auroient efté tant de bons Roys & fages perfonnages, qui les ont creuz & enfuyvis. Et fi ce poinct eftoit une fois gaigné, l'on tomberoit bien-toft en l'aultre : que c'eft chofe vaine que la puiffance & dignité royale. Vaine cefte perfuafion & creance, que l'on doibve obeir aux Roys pour l'amour de Dieu, & comme à fes lieutenans & le reprefen-tans en terre. Car fi les Roys ne font que les images de Dieu, ofté le prototype (1) du principal patron, que deviendra la figure ? Ne feras-ce pas un phantofme ou chofe faicte à plaifir ? Et en ce cas il ne reftera finon ce que nous prevoyons & craignons, à noftre très grand mal-heur, que le plus fort l'emporte, & que chacun prenant fon canton, l'on voye jouer au Roy defpouillé (2), & enfin eftre reduicts en la

---

(1) S'attendait-on à trouver le mot *prototype* dans un discours du XVI⁰ siècle? M. Littré n'avait rencontré ce mot dans aucun ouvrage antérieur aux *Mémoires* de Sully, dont la première édition, comme on le sait, est de 1638. Sully, du reste, cite *prototype* comme ayant été employé devant lui par le roi d'Angleterre, Jacques I⁰ʳ. Les rédacteurs du *Dictionnaire de Trévoux* prétendent que l'expression est « du style badin » ; ils oubliaient qu'elle n'a pas été dédaignée par un écrivain aussi grave que Bossuet.

(2) Phrase aussi courageuse que pittoresque. Jouer du roi dépouillé, c'était ôter pièce à pièce les habits de celui que l'on avait fait roi dans ce jeu des enfants. Regnier a dit dans sa satire XI ;

« Comme si noftre jeu fuft au roi despoüillé ».

fervitude d'autant de tyrans. Le Clergé doncques vous fupplie tres humblement vouloir ordonner que les ftatuts du fainct & facré concile de Trente foient publiez generalement en voftre Royaume, pour eftre par eux obfervez inviolablement. C'eft chofe dont il vous a jà requis par plufieurs fois, & mefmes en l'affemblée generale des derniers eftats tenus à Blois : il pleure & furmonte le mauvais confeil de ceux qui vous en ont diverty jufques icy : d'autant qu'ils ne vous fçauroient bailler confeil plus dangereux à voftre ame, ny plus pernicieux à voftre Éftat, & au bien de vos affaires. Car jamais ne fuft, c'eft chofe trop verifiee, que Royaume fe départift ou refufaft les conftitutions de l'Eglife catholique, qui ne fuft fchifmatique, & que ce ne fuft prefage & caufe de fa prochaine ruine (1). Comme il advint à ces premiers fchifmatiques, Choré, Datan & Abiron, & les pays de Grece, d'Afie, d'Aphrique, & d'Egypte en peuvent fervir de bons exemples.

Pour l'obfervation de la difcipline Ecclefiaftique, il eft furtout neces-faire d'avoir de bons Prelats et Pafteurs, faulte defquels eft ce que j'ay dit eftre la feconde caufe du defreglement qui fe trouve en l'Eglife : car, comme dict Platon, que fervent les bonnes loix fans bons magiftrats ? Qui est autant que ce que vouloit dire Sainct Chryfoftome, que l'Eglife ne pouvoit fubfifter fans evefques. En cecy Voftre Majefté nous pardonnera, s'il luy plaift, fi nous vous ofons dire, ce que nous fommes chargez, qu'à ce défaut vous participez grandement : et que voftre confcience, honneur et reputation y font extremement engagés. Nous avons icy par roole vingt huict archevefchez & evefchez, où il n'y a aucun pafteur : et quant aux Abbayes et autres gros Benefices (qu'on dict de voftre nomination) le nombre en eft prefque infiny, tant de ceux où il n'y a aucun titulaire, que des autres ou il ne se faict aucun fervice. Seroit-il poffible que vous puiffiez fans commotion de cœur (2) ouyr ce qui a efté prononcé en noftre

---

(1) Ce paffage et bien d'autres donnent raifon au Père Niceron qui trouve ce difcours « fort et élo-quent ». Il ne faut pas oublier, du refte, que le roi Henri III fit à la remontrance « une responfe sur le champ qui ne luy en devoit rien, et où l'on ne reconnut pas moins la bouté de son jugement capable de grandes chofes, qu'on y admira son éloquence et sa grace majestueuse ». Ainsi parle Mézeray (t. III, p. 212).

(2) Energique expreffion qui n'a pas, ce me femble, été recueillie dans les lexiques de notre vieille langue.

affemblée, & qui nous a faict deplorer grandement la calamité
de ce Royaume ? C'eft que de trente cinq diocèfes qu'il y a en Languedoc & en Guyenne delà la Garonne, par non refidence d'evefques,
par maladie des autres qui font en petit nombre, & principalement
par faulte d'evefques pourveuz en tiltre, l'on a efté cefte année fans y
faire le sainct Chrefme : tellement qu'il a fallu et faut encores tous les
jours, l'aller mandier delà les monts en Efpagne : chose honteuse &
de tres mauvais presage. Car par la maniere ordinaire de parler, eftre
de bon chrefme, n'eft autre chose que d'eftre de bonne religion (1) :
n'eft-il pas à craindre par là que l'Eglife catholique vous quitte du
tout, & s'en aille habiter ailleurs ? Et d'avantage, fi Dieu a inftitué le
Sainct-Chrefme, pour entre autres fruicts, fervir de facrement & moyen
ordinaire à recevoir le S. Efprit, s'efmerveillera-on s'il y a tant d'he-
retiques & rebelles, puifque la Saincte Antiquité a imputé la cheute
de l'ancien heretique Novatus, à ce qu'il ne avoit efté chrefmé, qui
eft, ce que nous difons aujourd'huy, confirmé ? Quand nous pensons
aux œconomats, confidences, conftitutions de penfions pour les femmes
& autres perfonnes laïcs, & à tant de symonies qui fe commettent
tous les jours ès premiers Benefices : & cela mefme a voftre fceu &
foubs voftre authorité, il n'y a aucun de nous qui n'en gémisse, et
n'en ait un extrème horreur. Quel defplaifir et creve-cœur eft-ce à
toute l'Eglife, que d'ouyr en la bouche des Laïcs, capitaines &
femmes ; mon evefché, mon abbaye, mes chanoines, mes preftres,
mes moynes, & ufer d'autres femblables paroles ? Et qui pis eft, trafi-
quer des benefices, vendre, engager & hypotequer (2) le domaine de
Dieu, & en general empefcher les corrections & difciplines regulieres ?
Mais qui a jamais leu, ou ouy dire que telles choses ayent efté parmy
les chreftiens, authorisées et juftifiées par arrefts, jugemens, et loix
publiques, comme il fe fait tous les jours, & avons charge vous repre-

---

(1) Nouvel oubli de nos Lexicographes. Je ne retrouve la proverbiale expression : *être de bon chrême*
ni dans le *Dictionnaire* de Richelet, ni dans celui de Trévoux.

(2) M. Littré, dans les citations rangées sous le mot *hypothèques*, ne remonte pas plus haut que le
XVIᵉ siècle et cite seulement Montaigne (il est vrai qu'il le cite trois fois). Désormais on pourra des
trois passages des *Essais* du Maire de Bordeaux rapprocher ce passage du discours de l'évêque de Bazas.

senter et remonstrer nous avoir grandement scandalisez ? C'est que n'agueres au grand Conseil, de l'argent provenu de la vente d'un evesché ont esté acquitez les debtes du vendeur, & en vostre Conseil, un Abbaye a esté adjugée à une Dame, comme luy ayant esté baillée en dot, avec declaration qu'après son decez, les heritiers en jouyront par egale portion. Si nos Pepins, Sainct Charlemagne, Sainct Robert & Sainct Loys eussent veu telles choses en leur temps, combien les eussent-ils porté impatiemment ? Quelle terreur eussent-ils eu de l'ire & vengeance de Dieu, contre eux & tels officiers ? Ne suffit-il point, disoit un des anciens, commettre une faute signalée, sans l'authoriser encores du sacré nom de justice, & la couvrir du manteau de l'autho-rité royale ? Toutesfois il semble encores à beaucoup de gens, que Dieu n'est pas assez offensé : car ils taschent d'affecter son patrimoine à nouvelles commandes seculières, comme le bruict est grand qu'on y veut induire vostre piété. Et comme un abysme attire l'autre (1), ils n'eussent esté contents, s'ils n'eussent conseillé, comme l'on dict, qu'on a jà commencé de lever & prendre soubs vostre authorité les Annates des gros bénéfices: choses, Sire, que nous avons charge vous remons-trer, préjudicier grandement & à vostre conscience & à vostre renommée. Et qu'il semble advis que tels ayent envie de vous enve-lopper aux nottes de sacrilège & symonie, desquelles nous croyons vostre affection et volonté estre du tout esloignée : d'autant que nous sommes bien certains que vous n'ignorez pas les punitions advenües pour tels pechez à Héliodore, Antioche, Diocletian, Julian l'Apostat, Valens, & autres infinis, afin que nous taisions les histoires domesti-ques, par lesquels exemples vostre Majesté, quand elle y voudra pren-dre garde de près, pourra cognoistre facilement l'affection & fidelité de ceux qui vous donnent tels conseils, qui se rapportent de tous poincts à celuy qui fut donné à l'Empereur Fréderic par un sien secrétaire : lequel ayant esté offensé dudict empereur par la perte d'un œil, comme il fust remis en grace, ne cessa qu'il ne l'eust persuadé de prendre des biens de l'Eglise. Et depuis comme il fust interrogé pourquoy il avoit

_____

(1) *Abyssus Abyssum invocat.*

donné un conseil si pernicieux, il se vanta que ce estoit pour se vanger
de luy, & afin que Dieu le destruisit, comme de fait il advint bientost
après (1).

Pour cela, & infinies autres raisons, le clergé vous supplie tres
humblement, et vous adjure au nom de Dieu, de faire cesser telles
voyes, ausquelles quand vostre Majesté voudroit passer oultre, il ne
pourroit aucunement consentir sans offenser grandement Dieu, & son
Eglise, & prejudicier par trop à leur conscience.

Ne craignez vous point, sire, les imprecations portées par la parole
de Dieu, les comminations (2) des conciles, les excommunications des
Saincts decrets, les fulminations et autres censures de l'Eglise, non
seulement contre ceux qui commettent ces choses, mais aussi contre
ceux qui y participent directement ou indirectement? Chacun a admiré
la piété & devotion de vos jeunes ans, l'austerité de vos jeûnes, & vos
fréquentes communions. Nous voudroit on persuader qu'il n'y a rien
changé en vous de cest ancien zèle ? Nous pourroit on faire croire que
cest ardeur, duquel vous recommandiez si souvent au feu Roy Charles
vostre frère (que Dieu absolve) ce qui estoit de l'honneur de Dieu, du
bien de l'Eglise, & mesme contre tels abus, fust refroidy ou du tout
esteint ? N'est-ce pas par vostre recommandation & pour l'amour de
vous, que le mesme Roy fist serment & promesse solennelle au Clergé,
eu l'an MDLXXIII, de ne nommer aux Eveschez et Abbayes que personnes de grande valeur & mérite ? Toutesfois, si vostre bonté nous
permet le dire, comment y a il esté pourveu depuis vostre regne ?
Faut-il que l'avarice d'aucuns, nous fasse perdre les fruicts de la grande
confiance que nous avions deslors conceu en vostre zèle & pieté, &
pour laquelle nous nous sommes si fort esjoüys & loué Dieu à vostre
advenement à la Couronne ? C'est chose que nous vous supplions tres

---

(1) S'agit-il là de l'empereur d'Allemagne Frédéric II et de Pierre de la Vigne? Si l'orateur a voulu
parler de ces deux personnages, il s'est fait l'écho de la légende bien plus que de l'histoire. Voir le
savant ouvrage de M. A. Huillard-Bréholles, mort membre de l'Institut : *Vie et correspondance de Pierre
de la Vigne, ministre de l'empereur Frédéric* II. (Paris, 1864, grand in-8°).

(2) M. Littré n'a cité, sous le mot *commination*, qu'une seule phrase qu'il emprunte aux *Mémoires* de
Martin du Bellay. On voit que la harangue d'Arnauld de Pontac fournirait bien des exemples à une
nouvelle édition très augmentée du *Dictionnaire de la langue française*.

humblement prendre en bonne part, comme venant de ceux qui sont vos plus affectionnez serviteurs, & qui en ont prins la hardieffe, fur la crainte & apprehenfion des jugemens de Dieu, s'ils y failloient & fur la parole que vous avez souvent prononcée, de vouloir prendre à gré & plaifir d'eftre adverty particulièrement & non en public, de ce qui fe feroit de mal : joinct l'extreme regret que nous avons, de veoir voftre honneur tiré par les voisins, & mefmes par les ennemis de Dieu & de l'Eglife, en medifances & libelles diffamatoires. Mais ce qui nous grefve le plus, eft de voir vos meilleurs subjects reduits, quafi tous en mefpris & rebellion de vos commandemens: Chofe, fire, que nous fommes contrains vous dire que Dieu predict aux Roys, Princes, & Pafteurs, qui n'embraffent avec zele fa gloire : Je vous rendray, dict-il par Malachie, comptentibles, mefprisez, & viles devant toutes les nations, parce que vous n'avez point en affection ma loy & religion. Nous vous fupplions doncq très humblement, ne charger plus deformais voftre confcience, pour endurer telles chofes qui vous font d'autant plus inexcufables, qu'elles ne vous apportent aucune commodité : Ains eftans execrables devant Dieu, & scandaleufes aux hommes, menaffent vous & voftre royaume d'une entiere ruyne & malediction, Voftre Majefté nous pardonnant, s'il luy plaift, fi nous lui ofons dire ce qui eft veritable, & eft auffi en la bouche de plufieurs, que par telles promotions de perfonnes indignes l'Eglife reçoit plus de mal & dommage de voftre authorité, que des herefies mefmes, ou de leurs armes, menées & factions. Tout ainsi que le Prince qui mettoit à son efcient un chef et des capitaines couards & non experimentez dans une ville affiegée se pourroit dire eftre plus cause de sa perte que la vaillance de fes ennemis. Partant il vous plaira declarer dès à préfent tous benefices tenus en confidence, en penfions layques, par oeconomat, et par fymonie, vaccans et impetrables, refpondant aux importuns avec Othon empereur, ce qui eft en l'Evangile : Qu'il ne faut donner le pain des enfans aux chiens. Et pour pourveoir à l'advenir que femblables abus ne fe commettent & que vous n'y ayez voftre confcience entachée, soit par importunité ou autrement, nous nous profternons tous à vos piedz, pour vous requerir avec toute la reverence, fubmiffion et fupplication qu'il est poffible, qu'il vous plaife remettre les élections felon le droict commun et saincts decrets.

J'oublïois un poinct, dont nous ſommes chargez vous faire auſſi tres
humbles remonſtrances, qu'il y a plus de deux parts des egliſes de
voſtre royaume, les trois faiſants le tout, eſquelles le divin ſervice eſt
du tout delaiſſé & intermis : & Dieu ſçait quelles imprecations donnent
les pauvres catholiques de ce qu'ils vivent & meurent, comme beſtes,
ſans adminiſtration des ſacremens, & de perſonnes qui les conſolent,
& leur parlent de Dieu : & ſi l'Eſcriture dict que Dieu exaucera les
criz & maledictions des pauvres contre ceux qui leur refuſeront des
miettes de pain pour leur nourriture, que fera-il contre ceux qui leur
oſtent le pain ſpirituel, ou qui doibvent leur authorité à le leur faire
rendre, & leur refuſent ?

Ce ſont, Sire, les poincts dont le clergé nous a donné charge vous
faire tres humble remonſtrance & ſupplication. C'eſt d'eux auſſi de qui
Dieu veut, en l'Eſcriture, que vous preniez ſa loy & ſa volonté : C'eſt
de leur devoir de ne la vous taire & deſguiſer : c'eſt de voſtre bonté &
zéle, de la recevoir. Nous n'y avons autre commodité ny intereſt que
celuy meſmes que vous y avez : qui eſt, l'advancement de l'honneur
de Dieu, & deſcharge de nos conſciences. Et qui plus eſt,
vous ne ſçauriez recevoir d'ailleurs plus grande gloire, plus grand
fruict & plus grande utilité. Voſtre Majeſté ſçait les reproches dont
l'on nous a uſé cy-devant, qu'en toutes nos aſſemblées, laiſſans le
ſervice de Dieu, nous trahiſſions nos conſciences & l'honneur de
Dieu, pour n'entendre qu'au temporel & au proffit de nos
bourſes. Nous voyons les yeux de tous vos ſubjects jectez à ce coup
plus que jamais ſur nous & nos actions, avec grande expectation : il
importe grandement qu'ils en demeurent bien edifiez, ne fuſt-ce que
pour eviter que le nom de Dieu & de ſon egliſe ne ſoit blaſphemé en
nous, & ſon miniſtère meſpriſé (comme dict l'Apoſtre) et qu'advenant
une revolution et renverſement de la Religion, & par conſequent de
l'Eſtat, comme chacun le craint, (que toutes fois à Dieu, ne plaiſe)
il apparoiſſe à la poſterité, devant Dieu, devant ſes Anges,
& en la face de toutes les nations du monde, que nous y aurons
apporté, & vous avons repreſenté tous les remedes qu'il a pleu
à ſa divine bonté nous ſuggerer & inſpirer, & qu'on pouvoit attendre
de nous, avec entier deſir & affection de commencer vivement la reformation en nous-meſmes, ſi à l'imitation de ces grands, tres chreſtiens

& conquerans empereurs Conftantin & Charlemagne, & mefmes de S.
Louys, il vous plaift en ce nous favoriser & impartir voftre authorité.
Ne vueillez doncques permettre, que s'estant un chacun beaucoup
promis de noftre zèle, nous ne rapportions à nos diocèfes, que occafion
de fcandale avec honte & confufion, de n'avoir non plus faiét que cy-
devant. C'eft à ce coup, fire, ou jamais, que vous devez attendre &
efperer de veoir l'Eglife Gallicane en fa première fplendeur, & par ce
moyen avoir voftre regne paisible & laisser voftre memoire immortelle. S'il y en a qui vous conseillent le contraire, craignez, fire, que
(comme la condition de tous les Roys & Princes eft en cela miserable
pour l'efgard de ceux qui approchent le plus près d'eux) ce ne foit que
pour s'enrichir & s'accomoder aux defpens de voftre confcience, &
faifant bon marché de voftre honneur & reputation, affemblant par ce
moyen fur vous toutes les cenfures ecclefiaftiques, execrations, imprecations, fulminations & maledictions, lefquelles autrement s'il tenoit
à nous tomberoient fur nos teftes. S'ils vous font oftentation de l'authorité royale & que ce feroit la diminuer, quand bien il feroit
ainfi, ce que non toutes fois, nous vous fupplions leur refpondre
ce que ce sainét prophete & roy enfemble refpondit fur mefme
propos à sa femme Michol : Je m'abayfferai & aviferay pour
l'honneur de Dieu, & il me rendra plus crainét, glorieux &
honoré, s'ils vous veulent efblouyr les yeux d'une vanité de grandeur & de toute puiffance, difans que vous ne debvez avoir les mains
liées, ains faire & ordonner de toutes choses à voftre plaifir, qu'il
vous fouvienne de voftre belle parolle non moins divine que royale,
& laquelle eft jà publiée par tout le monde, que voftre liberté & grandeur confifte à eftre fi bien lié, que vous ne puiffiez mal faire, car à la
verité, pouvoir faire mal, c'eft pluftot action d'impuiffance, que de
vray pouvoir. Qu'il vous fouvienne des sermens & sainétes promeffes
que vous avez faiét à Dieu en voftre sacre, de maintenir sa gloire &
fon fervice, de conferver à l'Eglife fes privilèges canoniques, & de
procurer le bien de voftre peuple qui vous ayme naturellement. Qu'il
vous fouvienne du dire du grand Seigneur, parlant aux roys de la
terre : j'ay diét que vous eftiez Dieux & enfans du tres-haut, mais
toutesfois vous mourrez comme hommes. Finablement, Sire, qu'il
vous souvienne tous les jours & à tous momens pour prefervatif de

ces mauvais conſeils, ce que vous ſçavez que dict la parolle de Dieu
que de tous les grands ſeigneurs la vie est courte, que le roy vit
aujourd'huy & meurt demain. Mais ce qui eſt le plus eſpouvantable
& neanmoins auſſi certain, qu'il faut que vous & nous tous tombions
es mains du Dieu vivant, & que les grands ſeront grandement tour-
mentez. Lors viennent, dict l'Eſcriture aux Seigneurs, viennent ceux
qui ſe diſent tant vos ſerviteurs & au prejudice de voſtre ame, & qu'ils
nous ſecourent à ceſt extreme beſoing. Ce ſont preſque les meſmes &
dernieres parolles que Louys le Gros, un de vos anciens devanciers,
mourant tint à ſon fils Louys le Jeune : Souvenez-vous, mon fils, &
ayez touſjours devant les yeux que l'authorité royale n'eſt qu'une
procuration & charge publique, dont vous rendrez compte bien exact
& rigoureux après la mort (1).

---

(1) Je ne retrouve pas ces paroles dans la *Vie de Louis le Gros* par Suger, où sont rapportées cependant diverses paroles dites par le roi mourant (*Œuvres complètes de Suger, recueillies, annotées et
publiées d'après les manuscrits pour la Société de l'Histoire de France*, par A. LECOY DE LA MARCHE. (Paris,
1867, p. 140-149).

FIN.

II

Deux lettres inédites

D'ARNAULD DE PONTAC

DEUX LETTRES INÉDITES

D'ARNAULD DE PONTAC

Au duc de Nevers (1).

Monseigneur, je ne pençois pas quand je prins congé de vous tomber si tost en occasion de vous importuner comme j'ay trouvé estant en ce lieu. Bien me prent qu'on peut lire ouvertement en l'intention de Monsieur le mareschal de Matignon (2) et que je viens d'entre des personnes qui voyent assez cler pour cognoistre mes actions et anciennes et recentes. Vous entendrez, s'il vous plaict, me faire cest

---

(1) Louis de Gonzague, duc de Nevers, né le 18 septembre 1539, mort le 22 octobre 1595, fut gouverneur de Piémont (1562), de Picardie (1587), de Champagne (1589), ambassadeur à Rome (1593), surintendant des finances (1594), etc.

(2) Jacques de Goyon, comte de Matignon, né le 26 septembre 1525, mort à Lesparre le 27 juin 1597, était lieutenant général du roi en Guienne depuis 1580. Le Maréchal de Matignon et l'évêque de Bazas avaient eu, trois ans avant, une entrevue dont le président de Thou parle ainsi dans son *Histoire universelle* (traduction de 1734, Londres, in-4°, t. IX, p. 579) : « Enfin on se détermina pour Monsegur [c'est à dire pour le siége de Monsegur] par le conseil de Matignon, à qui Mayenne envoya demander son avis par Arnoul *(sic)* de Pontac, évêque de Bazas ».

honneur, d'ouir ce porteur, ce dont il est question, et je
vous supplie seulement le plus humblement qu'il m'est
possible fayre envers sa Majesté que ses bons serviteurs ne
demeurent ainsi » subiectz à l'oppression de ceulx qui les
doibvent conserver (1). Je ne crains rien Dieu merci, mais
j'ayme beaucoup mieulx recourir et essayer tous les moyens
ordinaires et le vaincre de patiance que de donner plus avant
occasion au monde de parler, espérant que Sa Majesté ne
vouldra poinct permettre que son authorité serve d'util (2)
et moyen de vengeance mesmement contre des personnes
qui ont moyen et volunté de ne luy estre poinct inutiles. Je
vous en rendray toute ma vie le tres humble service que je
vous ai de longue main voué d'aussi bon cœur,

> Monseigneur, que je prie Dieu vous donner heu-
> reuse et longue vie.

Vostre tres humble et tres obeissant serviteur,

Ar. E. de BAZAS (3).

D'Yssideuil (4) ce 20 février 1589.

---

(1) Arnauld de Pontac ne pouvait avoir auprès du roi Henri III un
meilleur protecteur que le duc de Nevers, qui l'avait accompagné en
Pologne (1573) et qui avait toujours été un de ses plus appréciés
serviteurs.

(2) On disait alors *util* pour *outil*. Chacun connait cette phrase de
Michel de Montaigne : « La science est un util de merveilleux
service ».

(3) Bibliothèque nationale, fonds français, volume 3414, f° 42.

(4) Probablement Excideuil, aujourd'hui chef-lieu de canton du
département de la Dordogne, arrondissement de Périgueux.

A Pierre du Puy (?)

Monsieur, je me sens si obligé à l'honnesteté et courtoisie dont il vous a plu user en mon endroict non seulement pour le prest de vos livres que je renvoie (1), mais aussi pour la facilité et honnestes offres dont il vous a pleu les accompaigner que je ne puis que vous en remercier tres humblement avec un singulier regret que je n'aye moyen de vous en rendre aussy humble service que j'en ay de volonté et desir. Le public ne vous en a pas moins d'obligation comme je n'ay laissé passer aucune occasion de tesmoigner à un chascun ce qu'il vous y doibt. Obligés moy tant, Monsieur, je vous supplie, que de me conserver en l'honneur de voz bonnes graces et d'accepter ceste nouvelle impression (2) d'autant

------

(1) Si, comme tout semble le démontrer, la lettre est adressée à Pierre du Puy, il n'est pas étonnant que l'évêque de Bazas lui ait emprunté des livres, car Pierre était possesseur d'une magnifique bibliothèque formée par son père Claude du Puy, mort conseiller au parlement de Paris le 1er décembre 1594. Pierre n'était, en 1604, qu'un jeune homme de 22 ans (on sait qu'il naquit à Agen le 27 novembre 1582), mais ce jeune homme était déjà célèbre par sa précoce érudition.

(2) *Chronica trium illustrium auctorum Eusebii Pamphili episcopi Cœsariensis D. Hieronymo interprete, D. Eusebii Hieronymi presbyteri, D. Prosperi Aquitanici episcopi regiensis ab Abraham ad an. Christi 449 A. R. R. D. Arnaldo Pontaco episcopo Vaʒatensi utriusque consilii regii consiliario ex 28 MS. Gall. Ital. et Hispan. 8 editionibus, variis auctoribus, qui illa referunt aut exscribunt, infinitis locis emendata, et notis illustrata. Burdigalæ apud Simonem Millangium typographum regium* 1604 *cum privilegio regis.* in-folio. L'édition est dédiée à Henri IV *(Henrico IV, Christianissimo Francorum et Nav. regi).* L'épitre dédicatoire porte la date du 25 août 1604 (*Datum Vasati die sacro D. Ludovico, anno domini 1604*). Le privi.

plus que vous y avez la meilleure part et, s'il vous plaisoit, en la repassant, adjouster ce bon office que de m'adviser de ce que vous y trouverés à redire, je vous en auray une extreme obligation et ne vous y desrobberay rien en la 2 édition. Je ne m'y attribue rien que la seule peine. Tout le reste est deu à vostre secours et de voz semblables. Je prie Dieu de me donner le moyen de vous en rendre quelque bon service demeurant, Monsieur, vostre obeissant serviteur.

A Bazas, ce 1ᵉʳ novembre 1609.

Ar. E. de BAZAS (1).

---

lège est du 12 septembre 1604. L'Achevé d'imprimer est du 25 octobre de la même année. On voit par cette dernière date combien fut empressée la reconnaissance d'Arnauld de Pontac envers celui qui j'avait aidé de ses livres et de ses indications.

(1) Bibliothèque Nationale, collection Du Puy, vol. 712, fᵒ 73.

III

LES
HONNEURS
FUNEBRES
de Messire Arnaut
DE PONTAC CONSEILLER
ÈS CONSEILS D'ESTAT ET PRIVÉ DU ROY
ET EVESQUE DE BAZAS
AVEC
L'ORAISON FUNEBRE
prononcee
par Mons. M. G. Dupuy chanoine et second
Archidiacre de Bazas

A Bourdeaus
par Sim. Millanges imprimeur ordinaire du Roy.

A MONSEIGNEUR

L'ARCHEVESQUE D'AUCH

Conseiller du Roy en ses Conseils d'Eſtat et Privé. (1)

MONSEIGNEUR,

Suivant le commandement qu'il vous a plu me donner par la voſtre dernière, de vous faire sçavoir, qu'eſt-ce qu'on doibt croire des faux bruicts qui courent par-delà de la mort de M. de Baʒas, je vous dirai que ce ne ſont plus de

(1) Cet archevêque d'Auch était Léonard de Trapes, qui fut sacré en l'année 1600 (Arnaud de Pontac étant un des prélats assistants), et qui mourut en odeur de sainteté le 29 octobre 1629. Voir sur Léonard de Trapes le *Gallia Christiana* (t. I col. 1005-1006), l'*Histoire de la Gascogne* de M. l'abbé Monlezun (t. VI, p. 513-515), les divers travaux de M. l'abbé Canéto relatifs aux archevêques et à la cathédrale d'Auch, les *procès-verbaux de l'entrée solennelle en la ville d'Auch des archevêques François de Tournon* (1547), *Léonard de Trappes* (1600), *Dominique de Vie* (1634) *d'après les manuscrits originaux des Archives municipales* publiés par M. Léonce Couture (Auch, 1873, in-8°) Ce dernier érudit nous a promis une vie étendue de Léonard de Trapes. Espérons que sa brillante plume ne nous fera pas trop attendre un récit qui ne sera pas moins attrayant qu'édifiant.

faux bruicts : c'est, ô malheur ! la vérité mesme. La France a perdu son oracle ; vous voſtre cher et favori confrere ; Baʒas ſon pere, ſon tuteur, & Dieu tutélaire ; moy mon Maiſtre, mon Seigneur, mon Prélat, mon Mécenas ; & auquel, comme j'ay eu l'honneur, durant ſa vie, de luy avoir tenu fidelle compagnie, je ne regrette, sinon qu'à ce coup je la lui aye fauſſée : qui vis mourant & languiſſant, & meurs vivant pour n'eſtre plus ce que j'ay eſté, pour trouver à dire, non la moitié, mais le tout de moy-meſme, coulé d'affection à un mort, qui me traiſne pluſtoſt à soy, que moy luy, où à un vivant, pour lequel ſuivre, il faut quitter la robbe de la chair, privé de lueur, de plaiſir, de conſolation, pour eſtre en l'ombre de la terre, qui plus me poſſede ou plus je vais avant, & qui plus me fait eſclipſer, ou plus je la poſſede. Et pour mieux vous aſſurer du tout, je vous envoye l'extrait de ce qui s'eſt paſſé de plus ſignalé & remarquable durant ſa maladie, & après ſa mort ; que j'ay extrait de la plume du ſieur d'Intras, un de mes meilleurs amis : (1) vous

---

(1) Il s'agit là de Jean d'Intras, l'auteur du *Lict d'honneur de Chariclée* et de ʒant d'autres bizarres romans. Voir sur cet écrivain diverses notes publiées dans la *Revue des Bibliophiles* de février 1879 (p. 82-83), de juillet 1879 (p. 243), d'octobre 1879 (p. 338-340). Jean d'Intras dédia *Le Portraict de la Vraye amante* (Paris, Robert Fouet 1604, in-12) à *Tres vertueuse dame Finette de Pontac, femme de messire Lancelot de Lalane, président en la cour de Parlement de Bordeaux.* Dans son épitre dédicatoire il parle avec une plaisante emphase d'Arnauld de Pontac : « Cette splendeur en la vie de vostre oncle paternel, de cette lumière pastorale du troupeau Bazadois, veüe des terres plus éloignées de nostre pole chrestien, sa doctrine aux prédications et sa piété aux œuvres, luy donnent cette prérogative d'éclairer de son zodiaque avant à tout le sphére habitable et d'estre un second soleil au monde.

priant de le vouloir regarder de bon œil ; tant pour l'amour
& affection que vous avez toujours tesmoigné audit sieur
défunt, que particulièrement en mon endroict. Car je ne
puis assez louer Dieu, qu'en ce mien veufvage & orphelinage,
il luy a pleu me susciter un si bon pere que vous, de l'amitié
duquel comme je sens les effets inespérez, aussi m'étudieray-je
de demeurer pour jamais,

MONSEIGNEUR,

Voftre très-humble & affeuré ferviteur,

G. DUPUY. (1).

---

(1) Je ne puis donner aucun renseignement précis sur l'abbé Dupuy,
sous le nom duquel furent publiés, en 1599, 1600, 1601, trois ouvrages de polémique dont le plus connu est celui-ci : *Découverte des*
faussetés et erreurs de Duplessis (Bordeaux, in-8°). On a prétendu que
l'évêque de Bazas s'était caché sous le nom de l'abbé Dupuy pour
combattre Philippe de Mornay, le *pape des Huguenots.* Je voudrais
bien que l'on étudiât de près ce problème bibliographique dans une
notice sur ce G. Dupuy, dont personne ne paraît jamais s'être encore
occupé. On lui a souvent donné le prénom de Guillaume, mais à tort
car en tète de la *Chronique de Bazas,* ouvrage auquel il donna sa
forme définitive, il s'appelle *Jérôme Gérauld Dupuy.*

D. O. M.

Quo te tam feſtinus, viator, proripis ? Advorte eheu ! misellam hominum conditionem. Magnus ille heros, litteratorum apex, Conſiliariorum regii conſiſtorii coriphæus, Vazatensium præsul, Gallicorum præsulum decanus, ARNALDUS PONTACUS, ubi cælum meritis coæquaſſet, orbem fui nominis ſplendore illuſtraſſet, ecclefiam propagaſſet, religionem catholicam acerrimè propugnaſſet, proreges Aquitanicos conſilio & re juviſſet, Hebræam linguam excoluiſſet, multa Latinè & Gallicè ſcripſiſſet, Pontacorum familiam nobilitaſſet, urbi Vaſatenſi religionem catholicam reſtituiſſet, ædem hanc sacram funditùs proſtratam erexiſſet, gratus Deo, hominibus commendatus, hominibus charus, in pauperes beneficus, in omnes munificus, quoniam Eusebium caſtigando immenſa illa præteritorum temporum ſpatia dimenſus fuerat, præsentia accuratè perſpiciebat, futura noſſe cum appeteret, nec niſi Deum conſulendo aſſequi poſſet, ad eum cùm mens ejus sese extuliſſet, corpus diutinâ factâ morâ diriguit : unde mæſti Vaſatenſes hîc poſuêre.

Inſcriptum Sepulchro. (1)

---

(1) Voir dans le *Gallia Chriſtiana* (t. 1. col. 1211) les premières lignes d'une autre épitaphe. On y dit : « *reliquum ut longiusculum, alias que obscurissimum omitto.* » Le rédacteur du *Gallia* ajoute spiri tuellement qu'il traite avec le même dédain une autre épitaphe remplie de jeux de mots ; « *uti et aliud epitaphium in quo perpetua est allusio nominis Pontaci ad pontes varios, quæ a dignitate et gravitate texti pontificis prorsus abhorret, ut prudens lector ex hoc solo versu judicabit :*
  Numquid erit stygias ad aquas pons utilis umbris ?
  Ponte Caron caret. »
  Il faut rapprocher de cette dernière épitaphe une inscription citée dans la *Chronique Bordeloise* de Jean de Gaufreteau (t. 1. p. 250-251), et où, à propos d'un neveu de l'évêque qui se noya en tombant du haut d'un pont, on opposa *Pons* à *Pontacus* avec le plus insigne mauvais goût. Revenons à l'évêque même pour indiquer une autre inscription en l'honneur du restaurateur de la cathédrale de Bazas, gravée au dessus du maître autel, et dont la traduction a été donnée par l'auteur de la *Notice* de 1878, puis par M. Jules de Gères.

LES
HONNEURS FUNEBRES

DE MESSIRE

ARNAULD DE PONTAC,

CONSEILLER ÈS CONSEILS D'ESTAT ET PRIVÉ DU ROY,
ET ÉVESQUE DE BAZAS.

C'eſt choſe jugée, & la vérité eſt telle que les fonctions pénibles de l'âme, & ces exercices où elle va puiſer de la réputation, pour ſa ſoif immortelle, ſont communément des occaſions de naufrage & de mort au corps, dont elle est l'hôſteſſe : qui, ne pouvant demeurer debout ſous ce faix ſolide & peſant, cede à ceſte charge, & prend d'elle la loy de ſon monument.

L'exemple en est ſignalé en la perſonne de Messire Arnauld de Pontac, Eveſque de Bazas ; Prélat que le vice n'a jamais cognu, mais qui s'eſt toujours fait cognoiſtre à la perfection ; lequel aymé des lettres, & aymant naturellement leur converſation, particulièrement en l'arriere ſaiſon de ſes ans, & lors que la mort tramoit secrètement ſon tombeau, ou donnant ſes peines à la correction d'Euſèbe, il tint à la Chreſtienté ce que ſes deſtinées lui avoient promis de luy. Le corps, organe de ſon eſprit, participa à des indiſpoſitions, & notamment de la pierre, qu'atteint de ce mal, ce fut une loy à ſa vie de plier bagage, & de quitter les mortels.

A peine s'eſtoit-il levé des couches de ceſt enfant ſpirituel, que les douleurs de cet enfantement renaiſſent ; douleurs ſur douleurs, mais plutoſt tranchées ſur tranchées, qui n'anonçoient pas la venue d'un nouvel ouvrage, mais bien la retraicte mortelle d'un pere infortuné, à qui le fils avoit ravi la vie en naiffant, & comme la vipère, crevé le ventre de fa mere à fa nativité.

Pour diffiper ces nuages excités par ce vent pierreux, (1) il veut avoir fecours à l'exercice, remede unique, & le plus propre pour renvoyer ces vapeurs. Pour cet effet, il fe tranfporte au Château des Jaubertes (2), place appartenant à Madame de Sales, (3) veufve de M. de Pontac, fon frere, Préfident aux Enqueftes (4). Cefte maifon, diftante de Bazas de deux lieuës, (5) a pour fon ornement les qualités qui peuvent fervir au plaifir du corps & des yeux, la riviere de Garonne, qui tient le premier rang des fleuves de France, baignant d'un cofté fes rampars, & une face déguisee de payfages auffi fructueux qu'agréables la cernant de l'autre, fi bien qu'en ce qui touche la recréation de l'eau, & le profit de la terre, & le contentement & le fruict de tous les deux, on diroit que c'eft un coup de la merveille, & qu'en ceft ouvrage la nature & l'art fe font entendus, pour faire admirer leurs miracles (6).

Il arriva en ce lieu des Jaubertes le vingtiefme du mois de Janvier ; & comme il tafchoit de convertir les plaifirs de cefte maifon au bien de fa fanté, fa pierre le preffe, & cefte preffe lui fait tenir par force le

---

(1) Ce *vent pierreux* et, un peu plus haut, ces *couches* accompagnées de *tranchées*, toutes ces déplorables métaphores, en un mot, font bien dignes de ce Jean d'Intras, dont le pathos — oh l'a vu tout à l'heure — est à nul autre pareil.

(2) Ce château, qui appartient à M. le comte de Pontac, est fitué dans la commune de Saint-Pardon de Conques, canton de Langon, arrondissement de Bazas.

(3) Madame de Sales était Isabeau de Chassaignes, dame de Bétailhes et des Jaubertes, qui avait épousé Raymond de Pontac, chevalier, seigneur de Salles, conseiller du roi en la cour de Parlement de Bordeaux et (dès l'année 1571) président en la première chambre des enquêtes. Nous allons la voir tout à l'heure pleurant avec une telle abondance que ses yeux, selon la burlesque exagération de l'écrivain, « fourniffent des pluies éternelles pour tremper dignement les cendres du mort ».

(4) Raymond de Pontac, père du premier président Geoffroy de Pontac, avait fait son testament le 8 octobre 1579. Voir la *Généalogie de la maison de Pontac* dans le *Nobiliaire de Guienne et de Gascogne* (t. II, 1858, p. 356).

(5) Ce n'est pas assez dire. L'auteur de la *Notice sur messire Arnaud de Pontac* s'exprime ainsi (p. 30) : « Il était allé chercher un peu de soulagement à ses souffrances auprès de sa belle-sœur, Madame la présidente de Sales, qui habitait le magnifique château des Jaubertes, situé à trois lieues de Bazas, dans un site délicieux. » D'après le *Dictionnaire des communes de France* de M. Adolphe Joanne, Saint-Pardon-de-Conques est à 14 kilomètres de Bazas, ce qui se rapproche des trois lieues indiquées par le biographe anonyme de 1878.

(6) Voir une autre description du château des Jaubertes dans l'*Histoire des châteaux de la Gironde* par M. H. Ribadieu. (Bordeaux, 1855, in-8°, p. 243).

fift. Auffi-toft cefte rétention eft cogneue des circonvoifins, & fe faifant cognoiftre à la Ville de Bourdeaus, les Médecins viennent en foule
à fon fecours, perfuadés par les lettres du pauvre malade, par les
prieres de fes parans & amis, qui vont auffi luy donner de leurs vifites
& contribuer tout ce qu'ils peuvent à fon allégement : fur-tout ladite
Dame de Sales, qui n'efpargne rien, de ce qui regarde fes peines, pour
le tirer de peine & luy faire recouvrer fon premier repos.

Son diocéfe adverti de fa maladie, le faict vifiter à fes Communautés.
Le Préfidial & Maifon de Ville de Bazas y députent, Langon
y envoie, Monfégur s'y trouve, La Réole & toutes les autres Villes de
la Sénefchauffcée y commettent ; fon bien-aimé Chapitre de Bazas y
compert, & non-feulement une fois pour toutes, mais toutes les fois
que les heures & les jours luy en bailloient la commodité, ne laiffant
jamais fon Prélat fans affiftance de quelqu'un de fon corps, particulièrement du fieur Dupuy, fecond Archidiacre & fon Confeffeur ordinaire,
qui avoit charge de ne bouger point d'auprès de lui.

Dès qu'il fut fommé par fon mal de garder le lict, il fomme fa
confcience de penfer en Dieu, ne veut point ouyr parler des chofes du
monde, défend que fa fouvenance ne foit point efveillée des affaires de
fa maifon, mefprife ce fouvenir, et prife feulement les exhortations qui
concernoient la mémoire des biens de là-haut, redoublant à ces fins
fes exercices ordinaires de dévotion, auxquels il adjouftoit la lecture
de quelque livre fpirituel, qu'il fe faifoit faire par fon dit Confeffeur,
f'armant par-fois lui-mefme de quelque beau traict de l'Efcriture en
forme d'Oraifon jaculatoire, lors que la douleur quereloit par trop fa
patience, & importunoit fon repos.

Le défefpoir de la vie luy faict appréhender de mourir ; il craint la
mort, & aime à vivre, non pour luy, mais pour fon troupeau, duquel
eftant la viande, il eftoit à craindre & à croire tout enfemble, que ce
mets luy manquant, il manqueroit d'eftre ; & n'eftant point, qu'il
feroit à fon monument. Voilà pourquoy ce bon Pafteur fe laiffe faifir
aux appréhenfions de fon trefpas. Le defplaifir de quitter fa bergerie
en une faifon qui bailloit faifon aux loups, & où fes brebis avoient
plus de befoing de fa préfence, exigent impérieufement des vents de
fon cœur, & de l'eau de fes yeux ; vents fur vents, eau fur eau, qui

eftant defmefurée en fa cheûte, noyoit & et perdoit fon vifage vénérable ; & comprenant en ce nauffrage fon poil blanchi de vieilleffe,
bailloit occafion à fes amis de le plaindre, & à luy de le regreter (1).

En ces occurences, qui eftoient menaffantes de mort, fon Diocéze
parle à Dieu pour luy, met en exercice le jeufne, ouvre la porte aux
Proceffions générales, prend le fac & la haire, s'abftient de fes œuvres
manuelles, fait des jours de travail des jours fériés, tafchant par ces
préfervatifs conferver fon Pafteur. Il est déterminé qu'il doibt quitter
la demeure des hommes, & avoir la poffeffion de celle des Anges :
voilà pourquoy les vœux & les facrifices de fes brebis font impuiffans :
& ayant difputé fa vie près d'un mois, rend heureufement à la terre
ce qu'il tenoit d'elle, & au Ciel ce qu'il avoit à luy,

Chofe admirable, cette reftitution ne peut être faicte fans prodige :
& comme au trefpas de fainct Jean Chryfoftome & de fainct Athanafe,
l'orage & les vents honnorent fa mort, s'eftant levée une telle
tempefte à la fin, & fur le poinct qu'il ceffa de vivre, particulièrement
en ce lieu de fa mort, qu'ouvrant les feneftres de fa chambre, & se
faifant un paffage à travers le bois qui les fermoit, elle feit eftouffer
les flambeaux qui veilloient fa fin ; mefme les pluies, qui ne s'eftoient
point faictes voir il y avoit longtemps, parurent avec importunité, dès
que ce foleil eut difparu, fans jamais fe retirer, qu'on n'euft mis le
corps au cercueil.

Ce trefpas advint le vingt-feptiefme du mois de Février, (2) & fur les
six heures du foir, non fans que le mort se fuft premier pourveu des
remedes qui regardoient fon falut, ayant participé à tous les Sacre-

---

(1) A-t-on jamais rien vu de plus ridicule que tous ces *trait*, que toute cette *eau*, que toutes ces *cas-
cades*, que tout ce *naufrage* ?

(2) A cette date, qui est la bonne, on a trop souvent substitué la date du 4 février. C'est surtout le
Gallia christiana qui a propagé la petite erreur en ces lignes (t. I. col. 1211) : « *Arnaldus anno 1605 4
Februarii in castello suo de Jaubertes mortuus est, vir Ævo suo probitate vitæ, eruditione, ac sollicitudinis pas-
toralis laude præstans.* » L'inexact renseignement a été reproduit dans le *Dictionnaire* de Moréri, dans les
Mémoires déjà cités du P. Niceron, dans le *Nouveau Dictionnaire historique* de Dom Chaudon, dans l'*Histoire de la Gascogne* de l'abbé Monlezun (t. VI, p. 557), dans l'*Histoire de Libourne* par Raymond Guino-
die (t. II, p. 287). Ce dernier auteur a été trop fidèlement suivi par M. O. Gilvy (*Nobiliaire de Guienne
et de Gascogne*, t. II, p. 557). On s'étonne de retrouver la fausse date dans une note de la page 306 du
tome XIII des *Archives historiques du département de la Gironde*.

mens, & notamment à celuy du Corps et du Sang du Sauveur, qu'il
receut la larme à l'œil, & l'efpérance au cœur, que le Paradis ne luy
feroit point fermé. Et pour obtenir cefte grace, il implore le crédit
des Sainéts, prie dévotement Dieu pour fa juftification, demande par-
don à tout le monde, protefte de fa contrition ; dit Meffe, et demande
la veuë de fes amis & de tous fes domeftiques, afin de leur imposer la
derniere bénédiétion de fes mains & de fes levres.

La Communion faiéte, lediét fieur Dupuy, Archidiacre, & fon
Confeffeur, lui parla de l'Extrefme-onétion : il la refufe pour ce jour,
difant que la néceffité de fon mal ne requéroit pas encore cefte extré-
mité, qui debvoit eftre réfervée pour l'occafion de fa fin : & le lendemain venu, recognoiffant à fes foibles forces que cefte finale fatalité
s'approchoit, & qu'il luy falloit donner fes derniers adieux, défireux
d'eftre pourvu de tout ce qui luy faifoit befoing, pour paffer les deferts
de la mort, & pour arriver à cefte terre de promiffion acquife à nos
Peres & à leurs Enfants, il demande ce Sacrement ; & l'ayant receu,
prie ledit fieur Dupuy & autres Chanoines de Bazas, fes affeffeurs, en
nombre de fix, de pfalmodier jufques à fa fin, affirmant que cefte
drogue eftoit opérative en l'endroiét des démons, qui fuyoient la préfence de ce chant, comme font les lions celuy du coq : imitant en cefte
Pfalmodie les préceptes du feu Cardinal de Lorraine, (1) qui imposa à
ceux qui affiftoient fon trefpas, de chanter perpétuellement fur luy.

Il eftoit trop honoré de ceux qui révéroient fon mérite pour n'eftre
pas fatiffait en fes vœux. C'eft pourquoy, dès que fes femonces eurent
requis ces Eccléfiaftiques d'avoir recours aux Pfalmes, ils luy font
preuve de leurs obéiffances : & pour perpétuer ce dévot exercice, &
contenter en cela le requérant, ils le rafraifchiffent d'heure à autre,
chacun pfalmodiant par rang, & jufques à ce que la faifon de fa mort
eftant venue, il rendit & reftitua cefte belle ame, que le Ciel lui avoit
commife ; ame véritablement belle, beauté véritablement animée, non
d'un efprit moyennement capable, mais d'une capacité parfaiéte en fes

---

(1) On sait que le cardinal Charles de Lorraine, fils et frère des ducs de Guise (Claude et François),
mourut à Avignon le 26 décembre 1579.

parties, toute fçavante, toute fainéte, toute pieufe, & dont les qualités eftoient jetées au moule des Anges.

Il faut que ce décès foit manifefté au Chapitre de Bazas. Pour cet effeét ledict fieur Dupuy monte à cheval le lendemain vingt-huiét dudiét mois de Février avec fes adjoints. Et ceft avis donné à cefte défolée Compagnie, vefve de fon oracle, & orpheline du foleil qui luy bailloit le luftre, elle le communique auffi-toft au peuple, par la bouche du fieur Cheré, de l'ordre de Saint-François, prefchant alors le Carefme à Bazas, dont l'éloquence, & les pleurs qu'il donna à la mémoire du deffunét, leverent mefme tribut fur les auditeurs, qui fe laiffant frapper à ce récit deplorable & malencontreux, condamnoient leurs yeux aux larmes, & leur voix aux regrets.

Ce difcours tenu, il est diét une Meffe haute pour le repos du mort, & eft arrefté que ce facrifice fera réitéré tous les jours, jufqu'à ce que le corps foit en terre : & non-feulement en fon Églife Cathédrale, mais par toutes celles de fon Diocèfe, comme pareillement auffi la fonnerie des cloches, députant à ces fins vers tous les Archipreftres, afin d'y interpofer leur devoir, & faire que les Curez, qui dépendoient de leur foing, ne s'efloignaffent pas du leur.

Cet ordre eftably, lediét fieur Dupuy est renvoyé par le Chapitre audit Chafteau des Jaubertes, & pour adjoints luy font donnés quatre Chanoines, quatre Prébendiers, & quelques Chantres, pour pfalmodier fur le corps, lequel eft embaumé, pour bailler temps aux chofes, qui concernoient fes honneurs ; & arrivés qu'ils y font, la falle baffe de ladiéte maifon eft tapiffée de velours, & les deux baffes cours de drap noir, le tout femé des armes du deffunét.

Au milieu de ladiéte falle, eft érigé un théâtre à quatre ou cinq marches, le tout couvert de noir; & eftoient garnies icelles marches de foixante flambeaux de cire blanche, du poids de quatre livres chacun, portés par des chandeliers d'argent. Et avoit ledit théâtre à fes quatre embouchures, quatre chandeliers noirs, de la hauteur d'un homme, jeétans quatre grands flambeaux d'honneur, aussi de cire blanche, avec les armories au pied, dudiét Seigneur.

Au devant eftoit dreffé un Autel, ayant fes parements de velours noir, croifés de fatin blanc, avec les armories dudiét Seigneur en broderie ès quatre extrémités. Et eſtoit garny ledict Autel de quatre degrès femés de chandeliers d'argent, portant chacun ſa chandelle de cire blanche, du poids d'une livre, & au milieu de l'Autel eſtoit auſſi une Croix auſſi d'argent.

A coſté droict, & un peu à l'eſcart dudict Autel, eſtoit une petite Credance, portant un plat-baſſin. deux Burettes; un Calice, une Eſguiere, & quatre Encenſoirs, le tout d'argent : et à gauche, et à l'opposite de ladicte Crédance, eſtoit dreſſée une table affublée d'un grand tapis noir, ſur laquelle eſtoit eſtendue une Chappe avec ſa Chaſuble, & ſes Courtibaults de velours noir, avec les offres et Croix de ſatin blanc.

Au pied du théatre, & entre ſes marches & ledict Autel, se voyoit un petit Oratoire, enrichi d'une Croix d'or, avec un Bénitier & Aſperſoir d'argent. Et derriere ledit théatre eſtoit un Pupitre couvert d'un drap noir, garni d'un Graduel, & autres Livres de chant, avec des ſieges aux environs pour ceux qui officieraient auſſi couverts de noir. Et eſtoient auſſi ceintes de noir toutes les chambres de ladicte maiſon (comme pareillement ſon eſcalier), particuliérement les plus honorables, comme celles de ladicte Dame de Sales, & du Seigneur deffunct.

Au milieu de la chambre dudict Seigneur eſtoit un lict d'honneur, bardé juſques à terre de velours noir, ſemé de larmes d'argent, & ſur iceluy le corps habillé pontificalement, ayant en teſte une Mitre, ouvrée à l'Arabeſque, enrichie de force pierrerie, ſon Rochet, ſon Aube, ſes Tunicelles, l'Eſtolle, le Fanon, & ſa Chaſuble d'or, frizé ſur frizé, croiſée d'un large clinquan d'or, les Gants de ſoye rouge aux mains, le Nom de JÉSUS deſſus en broderie d'or, un gros Diamant au doigt d'une ineſtimable valeur, des Bottines de ſoie aux jambes, et des Bandaux de meſme eſtoffe: & à coſté ſa Croſſe couchée, faicte avec tant d'artifice, notamment pour l'eſmail dont elle eſt façonnée, qu'il ne s'y eſt point trouvé maiſtre dans le Royaume, qui aye oſé preſter ſa main à la réparation de quelques pièces, qui y manquent, ayant eſté ſouvent portée pour ceſt effect à Paris, à Rouen et Lyon.

Au bout de ladicte chambre, & audevant du lict d'honneur, eſtoit un Autel, avec ſon parement de velours noir croiſé de ſatin blanc, &

les armes dudict Seigneur en broderie ; & fur iccluy deux degrés, portant chacun deux Mitres, l'une de toile d'or pleniere, l'autre d'efmail enrichi de perles, & les deux autres, de damas blanc, fans autre luminaire que de deux cierges de cire blanche, portés par des chandeliers d'argent.

Ces chofes ainfi difpofées, les Preftres des parroiffes circonvoifines font convoqués, comme pareillement auffi les Religieux Obfervantins de la Ville de Sainct Machaire, les Carmes de Langon, les Cordeliers & Jacobins de La Réolle, avec quelques Religieux de l'ordre de Sainct Benoiftde la mefme Ville, les Moines de l'Abbaye de Rivet, (1) de l'ordre de Citeaux, non gueres efloignés de ladicte maifon des Jaubertes : & arrivés qu'ils furent, on procéda à la tranflation du Corps, lequel fut porté de fa chambre, à ladite falle du Chafteau.

La cerémonie fuft telle ; c'eft que lefdicts convoqués partirent de la dicte falle baffe en proceffion, la croix arborée, & marchant devant ; & à cofté, deux enfants de chœur, portant chacun deux chandeliers d'argent avec leurs flambeaux de cire blanche allumés. Apres marchoient lefdits Religieux fuivant leurs rangs : puis les Preftres, puis les Prébendiers, & Chanoines députés par le Chapitre de Bazas : & enfuite, marchoit ledict fieur Archidiacre Dupuy, reveftu d'aube & chappe de velours noir, offrée de fatin blanc, avec les armories dudit Seigneur, affifté de Diacre & foubs-Diacre, reveftus auffi de dalmatiques ou cortibauts de velours noir, offrés de fatin blanc avec armories ; & ledict fieur Dupuy portant une croix d'argent à la main.

Après fuyvoit le fieur de PONTAC, Confeiller au Grand Confeil, neveu dudict Seigneur deffunct, & fils unique de ladicte Dame de Sales (2), affifté de quelques Confeillers en la Cour de Parlement de Bourdeaus, fes parans, & de quelques Gentifhommes du pays, &

---

(1) Voir sur l'abbaye de Sainte Marie-de-Rivet le *Gallia Christiana* (t. I. col. 1219-1220), et surtout la série des savants articles de feu M. l'abbé G. Larrieu dans la *Revue Catholique de Bordeaux* (1881).

(2) C'est Geoffroy de Pontac, le futur premier président du parlement de Bordeaux. Arnauld de Pontac l'avait institué son héritier universel par un testament de l'an 1603. Il le chargea de la reconstruction de la cathédrale de Bazas, mais ce fut le fils de Geoffroy, successeur de son père dans la première présidence, et porteur, comme son grand-oncle, du prénom d'Arnauld, qui acheva en 1635 l'œuvre commencée quelques années auparavant.

autres du tiers Eſtat, qui s'y eſtoient trouvés par honneur : comme
pareillement les ſerviteurs domeſtiques dudiđ Seigneur deffunđ.
Ladiđe Dame de Sales marcboit après, toute eſplorée, avec les
Dames Doſi, & Préſidente de Lalane, ſes ſœur & fille, & pluſieurs autres
Dames & Damoiſelles ſes parentes : & monterent avec ceſt ordre, à la
Chambre dudiđ ſieur deffunđ, par le grand degré du Chaſteau, où fut
chanté ſur le Corps, *Subvenite Angeli*, en muſique : puis fut prins par
ſix Preſtres, reveſtus de chappes noires offrées de blanc, & deſcendu
avec le meſme ordre qu'on eſtoit monté dans ladiđe ſalle baſſe. Où
ayant fait une ſtance, & reiteré le motet chanté dans la chambre, il
fut eſlevé ſur le théatre : & l'office des morts diđ à ſon repos ; la Meſſe
fut chantée en muſique, & à la ſin *Libera me* avec *De Profundis ;*
pendant lequel, lediđ ſieur Dupuy officiant, encenſa touſjours le tour
dudiđ liđ d'honneur.

Dès le lendemain, les habitans des Villes voiſines s'y trouvent en
foule pour prier Dieu ſur le Corps : l'injure du temps, qui eſtoit
extrèmement importune occaſione des pluies fréquentes, ne les arreſtant
point, non plus que les Damoiſelles & autres femmes des Villes de
Saint-Macaire & Langon, qui donnerent leurs peines à ceſte dévote
action, la continuant quaſi tous les jours, que lediđ Seigneur deffunđ
fuſt veillé dans ce lieu.

Des Religieux ſuſnommés, aucuns eurent leur congé, les autres
furent retenus pour vaquer jour et nuiđ aux exercices de dévotion :
& fuſt arreſté par leſdits ſieurs députés du Chappitre, qu'ils Pſalmo-
diroient ſans chant. A quoy un d'entr'eux prenoit garde, & à raffrei-
chir d'heure en heure les chantans, afin que lediđ office fuſt
perpétué. Et l'heure de veſpres venue, tous ſe rendoient dans ladiđe
ſalle ; ſçavoir, leſdits ſieurs depputez avec leurs ſurplis, aumuſſe &
bonnet quarré, les Prébendiers avec leur aumuſſe noire, & autres
marques de leur profeſſion, & pareillement les Chantres, & autres
Preſtres en habit décent, qui ſéans de coſté & d'autre ſur des bancs de
dueil, dreſſés entre l'Autel & le théatre, chantoient les ſept Pſalmes,
puis les Pſalmes Graduels au chant irrégulier.

Cela faiđ, veſpres des morts eſtoient dites, & les concluoit-on par
Libera me et *De Profundis* en muſique : puis ſuccédoit la Pſalmodie

baſſe deſdicts Religieux, séans nuict & jour d'un coſté et d'autre du theatre.

Le ſecond de Mars, & dès que le jour fut eſclos, on commença à dire des Meſſes en ladicte ſalle baſſe, & fut cet office célébré par leſdicts Religieux & Preſtres fort dévotement, chacun à ſon tour : & les dix heures venües, tout le Clergé eſtoit convoqué pour chanter Matines & Laudes des morts, puis la Grand'Meſſe eſtoit dicte en muſique, ainſi que le jour précédent.

Ceſte cérémonie fut inviolablement gardée juſques au neufiefme dudict mois, jour aſſigné pour porter le corps dudict Seigneur à Bazas ; & ayant eſté continués ces exercices dévots toute la matinée, l'après diſnée on ſe met en chemin, invités par l'arrivée d'un nouveau beau temps, qui ſe leva inopinément, la matinée ayant eſté extrêmement mouillée, & avec orage, comme pareillement auſſi toutes les journées qui s'eſtoient paſſées depuis le décès dudict Seigneur ; Dieu, dont les conſeils & les jugements ſont ſacrés & ſaints, ayant commandé extraordinairement aux pluies de ſe retirer, afin de ne troubler point la conduicte du Corps de ſon ſerviteur. Ce qui ne doibt pas eſtre imputé à petit miracle, au moins parmi les gens de bien, qui donneront touſjours ce titre miraculeux à cet ouvrage de ſa preſcience.

Pour donner à ceſte conduicte l'éclat qu'il luy falloit, les Religieux congediés ſont rappelés; auſſy ſont mandés les Archipreſtres circonvoiſins, avec les Curés, qui deſpendoient de leurs Archiprêtrés, pareillement le Doyen de l'Egliſe collegiale d'Uſeſte, avec quelques Chanoines de ſon Chappitre : & arrivés qu'ils furent, tant eux, que ceux qui eſtoient déjà audict Chaſteau des Jaubertes, partirent dudict lieu en cet ordre.

Premièrement, marchoit une grande croix d'argent, voilée d'un creſpe noir, & à ſes coſtés, deux Preſtres, reveſtus de chappes noires, offrées de blanc avec armories dudict Seigneur : après ſuyvoient les Cordeliers de La Réolle & St-Macaire, deux à deux, puis les Carmes de Langon en meſme ordre, après les Jacobins de ladite Ville de La Réolle, puis les Moines de l'abbaye de Rivet, de l'ordre de Cîteaux, après les Religieux de St Benoît de ladicte Ville de La Réole, plus les Curés, après les Archipreſtres, enſuite leſdicts Chanoines & Doyen d'U-

fefte, puis les Prébendiers et Députés du Chapitre de Bazas ; lefquels
à caufe de la longueur du chemin, eftoient montés fur des haquenées
enhouffées, tous (tant eux que lefdicts Chanoines & Doyen d'Ufefte,
qui eftoient auffi en houffe), eftant habillés de leurs furplis, aumuffe
& bonnet quarré, comme auffi pareillement lefdicts Curés & Archipreftres.

Ces gens marchant ainfi en habit décent, & en ordre ecclefiaftique,
fuivoit cinq ou fix pas après, tout feul, l'Aumofnier dudict Seigneur
deffunct, le bonnet quarré à la tefte, reveftu de fon furplis, avec la
Croffe dudict Seigneur à la main fouftenue par le bas, d'un petit
fourreau noir : qui eftoit attaché à l'eftrieu : eftant ledict Aumofnier
fur un cheval tout caparaçonné de dueuil, ne montrant que les yeux.

Suivoit après, le corps dudict Seigneur, porté par un brancard
reveftu de dueuil : & ledict brancard, par deux mulets auffi caparas-
fonnés de noir, comme le Cheval de l'Aumofnier : & eftoit voilé le
milieu dudict brancard, où le Corps eftoit, d'un grand drap de velours
noir, traînant jufqu'à terre, croifé de fatin blanc, avec armories en
broderie.

De cofté & d'autre, marchoient quarante hommes avec robbes longues de dueuil, ayans capuchon ; defquels, fix aidoient à porter le
cercueil pour foulager les mulets, & eftoient raffreichis de quart en
quart de lieue ; & portoient ceux qui n'eftoient pas employés à ce
foulagement, de grands flambeaux d'honneur de cire blanche, qui
brufloient toufjours par le chemin.

Derrière ledict branquard, & enfuite, marchoient les Officiers dudict
Seigneur fur des chevaux auffi bardés de dueuil ; après venoit le fieur
de Pontac, héritier & nepveu dudict Seigneur, affifté de quelques
Gentilfhommes du pays, & de tout plein de Bourgeois des Villes de la
Réolle, Cauderot, Gironde, St Machaire & Langon, venus pour
honorer le convoy ; faifans les tous plus de deux cents chevaux. Et un
peu après eux, fuivoit ladite Dame de Sales dans une litière, fuivie de
deux carroffes, où eftoient les Dames Doifi, fa fœur, & Préfidente de
Lalanne, fa fille, avec tout plein d'autres Damoyfelles, fes parentes.

Sur le chemin, & comme on fortoit de la terre des Jaubertes, fe
trouvent les depputtes de la Ville de Bazas, faifans environ cent che-

vaux, conduits par le premier & fecond Jurats, marqués de leur
livrée ; lefquels pour honnorer le Corps de leur Pafteur, qu'ils avoient
uniquement aimé durant fa vie, & qu'ils ne pouvoient haïr à fa mort,
luy eftoient allés au devant. Et rencontré qu'ils eurent le Corps dudict
Seigneur, mirent pied à terre, en figne d'hommage, qu'ils rendoient
à la mémoire du deffunct, & par honneur furent baifer les mains
audit fieur de Pontac, lequel étant defcendu de cheval, pour les recevoir avec honnefteté, dont il faict profeffion ; ledict premier Jurat prit
la parole pour tous, et lui parla ainfi :

Monfieur, nous fommes venus joindre noftre dueuil au voftre, & ren-
dre à la mémoire de deffunct Monfieur de Baʒas, noftre très honoré
Pafteur, ce qu'elle méritoit de nous : et non de nous fimplement, mais
de tout le général de noftre Ville de Baʒas, qui à la place de cefte
perte, vient fubroger fes fervices, afin de les accomoder à tout ce que
vous aureʒ agréable.

Cela dict, ledict fieur de Pontac refpondit :

Monfieur, les larmes feront toujours bien féantes à vous et à moi ;
à vous, pour avoir perdu une perfonne qui vous eftoit extrêmement
néceffaire ; à moy, pour avoir faict perte de la vie de noftre maifon,
& de celuy qui la préfervoit de mort en terre. Si Dieu vous euft confervé
celuy que nous regretons, vous n'euffieʒ point eu befoin d'appuy :
mais à la place de cefte privation, vous fubftitueveʒ, s'il vous plaift,
ce peu de creance que j'ay, qui embraffera toufjours les occafions qui
pourront fervir au général, & au particulier de voftre Ville.

Après quelques autres offices d'honnefteté rendus de part & d'autre
on remonte à cheval : & trouvoit-on à miliers des payfans fur le chemin, qui, avec leurs femmes & leurs enfants, venoient pleurer fur le
Corps. Et arrivé que fut ledict convoy, à un quart de lieue de Bazas,
où est une Chapelle, le Clergé de ladicte Ville le reçoit, s'eftant rendu
là en proceffion, avec tous les autres Archipreftres & Curés du Diocèfe, en nombre de deux à trois cents, affiftés des officiers-Magiftrats
de ladicte Ville, des deux autres Jurats, & du refte des Bourgeois, &
du menu peuple : lefquels, avec la plufpart des femmes de ladicte
Ville, qui affiftoient auffi à cette piteufe cérémonie, faifoient plus de
mille à douze cens perfonnes.

Ladicte Chapelle eſtoit tendue de noir avec armoiries dudict Seigneur, notamment la partie qui enviſageoit le chemin Et comme ce lieu eſtoit la place aſſignée pour favoriſer ceſte lugubre réception, les depputés du Chappitre, & autres du Clergé, qui étoient à cheval, mettent pied à terre ; comme pareillement auſſi les Officiers dudict Seigneur deffunct, le ſieur de Pontac avec tous ſes aſſeſſeurs, les Dames & les Damoiſelles qui eſtoient en carroſſe. Et comme on ſut à terre, eſt fait un petit halte devant ladicte chappelle, pendant lequel fut chanté *Libera me*, par les chappiers dudict Chappitre, puis *De profundis*, par la muſique.

Ce chant achevé, un ſilence général eſt accordé, & le ſieur Dupuy, Archidiacre, parlant au nom des depputés dudict Chappitre, fit entendre tout haut au Clergé, qu'ils amenoient le Corps de feu Monſieur de Bazas, leur Paſteur : de quoy il leur pouvoit rendre preuve, pour avoir eſté préſent à ſes derniers ſouſpirs, & veillé continuellement ledit Corps, ſans interruption de temps : que le plus grand honneur, dont ils ſe pouvoient prévaloir à ſon occaſion, eſtoit le deſir, qu'il avoit eu en mourant, que ſes cendres fuſſent auſſi chérement logées chez eux, comme vivant, il les avoit obſéquieuſement aimés, ayant voulu que mort & en vie, leur couvert fut celui de ſes os ; partant, qu'ils leur expoſoient ſes reliques, les exhortant à leur tendre les bras, & à ne pas leur eſtre ingrats des derniers offices, qu'ils doivent à leur repos.

Ce diſcours tenu, le Clergé ſe mit en rang, & la muſique commença à entonner en faux-bourdou les Pſalmes pénitentiaux, le reſte dudit Clergé, lui reſpondant alternativement : & en cet ordre muſical & plénier, on arrive en ladite Ville de Bazas, de laquelle les cloches ſonnoient à ce convoy : & les habitants d'icelle, qui n'eſtoient pu aller au devant du Corps, ſe tenant en haye, tant ès rues, que place de ladicte Ville, qui eſt une des plus belles, & des plus ſpacieuſes qui ſe puiſſent.

Arrivé qu'on eſt en la maiſon Epiſcopale, ruinée avec l'Egliſe Cathédrale, à laquelle elle eſt joincte, par les ennemis de la Religion Catholique ; mais rebaſtie par la libéralité dudict Seigneur, on monte le Corps par le grand degré tendu de noir avec armoiries : & rendu

qu'il eft en la falle Synodale dudit Chafteau, il eft couché fur un
théatre haut eflevé, dont la defcription eft telle.

Premièrement, eftoit ledict théatre ou lit d'honneur affis fur huict
marches en quarré, & lefdites marches & lit d'honneur voilées de
noir. Sur icelles paroiffoient cent flambeaux de cire blanche, bruflans
nuict & jour, portés par des chandeliers d'argent : & ès extrêmités du
premier degré, eftoient quatre gros chandeliers noirs de cinq pieds de
hauteur, jetans auffi quatre gros flambeaux d'honneur de mefme
cire, lefquels ne s'efteignoient jamais. Ladicte falle eftoit tapiffée d'une
tente de velours noir, enrichie d'une ceinture d'armoiries, femées
pied à pied, & alloit ladite tente, depuis le pied de ladite falle, jufques
au lambris, qui eftoit auffi tendu de noir. Du milieu duquel, & fur la
partie qui regardoit le haut du théatre, tomboit un pavillon ou dais
de fatin blanc, frangé d'or, femé de larmes noires en forme d'her-
mines : foubs lequel eftoit à couvert le Corps dudit Seigneur, reveftu
comme au chafteau des Jaubertes de fes habits pontificaux.

Au devant dudict théatre, eftoit un Autel affis fur quatre marches,
& icelles couvertes de drap noir ; comme pareillement auffi le haut &
le bas dudit Autel d'un parement de velours noir, croifé de fatin
blanc, avec armoiries. Et fur iceluy Autel eftoit une difpofition de
lumières en piramide, portées par des chandeliers, moitié d'argent, le
refte d'argent doré ; & pour tout autre ornement, deux couffins de
velours noir ès deux extrémités.

A cofté, vers la main droicte, eftoit une crédance garnie de l'argenterie dont ledit Seigneur fe fervoit lors qu'il officioit pontificalement,
comme burettes, calices, encenfoirs, navette, plat-baffin, bocal,
boite d'hofties, clochette, ciboire, la plufpart d'or, le refte d'argent
doré : & eftoit bardée ladite crédance jufques à terre de velours noir,
avec armoiries.

A gauche, paroiffoit une table couverte d'un grand tapis noir avec
larmes blanches, fur laquelle eftoient les ornemens deftinés à l'office
du défunt : & comme tous les peuples, qui affiftoient au convoy, tant
Eccléfiaftiques que Laïcs, furent entrés dans ladicte falle, & ledict
Seigneur logé publiquement dans fon lit d'honneur, l'office des morts
fut chanté par tout le Clergé ; & iceluy fini, le fieur de Pontac, pre-

mier Archidiacre (1), prit un afperfoir, & s'approchant du théatre, dict un *Abfolve*, avec grande révérence.

Il fut fuivy par le fieur Dupuy, auffi Archidiacre, & ledict fieur, par les Chanoines, & autres du Clergé, qui y furent tous porter cefte prière avec le mefme respect : & rendu qu'ils eurent ce pieux devoir, & le refte des Laïcs prié Dieu pour le repos du mort, tout le monde fe retire, excepté quelques-uns, qui y font laiffés pour Pfalmodier baffement.

A mefme temps le Chapitre fe tient fur l'ordre qu'on devoit garder, pour veiller continuellement le deffunct. Il eft réfolu, que de trois en trois heures, quatre Chanoines s'y trouveroient avec leur habit de dueuil, affiftés de deux Prébendiers & de fix Chantres ; qui est inviolablement obfervé & de nuict & de jour, la grand cloche avertiffant à ces fins, ceux qui fuccédoient, à ceux qui devoient être relevés. Et le lendemain venu, & fur les neuf heures du matin, ledit Chapitre reveftu de fon habit de dueuil, marchoit vers ledit Chafteau en proceffion, avec fes Prébendiers, fes Chantres & Chapelains, la Croix arborée & reveftue de noir, & à cofté, fix enfants de chœur, portans chacun un chandelier d'argent à la main, avec torche de cire blanche allumée. Et arrivés qu'ils eftoient en ladite falle Synodale, prenoient place en des fiéges, qui eftoient dreffés entre le théatre & l'Autel, auffi reveftus de dueuil ; & ainfi affis, chantoient l'office des morts. Après lequel la grand'Meffe eftoit dicte en mufique, officiant un defdits fieurs Chanoines : & retirés, y retournoient le foir fur les quatre heures avec le mefme ordre, pour chanter Vêpres des morts, lesquelles avec ladite Meffe, eftoient conclues par *De profundis*, en fauxbourdon.

La plufpart des Bourgeois & autres de ladicte Ville fe trouvoient à ceft office : fur-tout ledict fieur de Pontac, héritier & nepveu dudit Seigneur : comme pareillement auffi ladicte Dame de Sales, sa mère,

---

(1) M. de Gères a fait remarquer, dans l'article *Pontac* des *Alphabets de Guienne*, que cet archidiacre a été omis, ainsi que d'autres membres de la famille de Pontac, dans la *Généalogie* du *Nobiliaire de Guienne et Gascogne*.

& autres Dames & Damoiselles ses parentes. Et fini qu'estoit ledict
Office, chacun revoyoit sa maison, excepté ceux qui estoient en rang
de Psalmodier : lesquels continuoient leur charge, toutes ces cérémonies estant réitérées à la mesme heure, durant huit jours, que ledict
Seigneur demeura sur son lict d'honneur.

Cependant tous les Eccléfiaftiques estrangers furent congédiés jusqu'au 17 du mesme mois de Mars, jour ordonné pour l'Enterrement
du deffunct ; & iceluy venu, ils comparaissoient, pareillement aussi
tout plein de Religieux volontaires de Bourdeaus, dont l'affection & le
zèle honnoroit particulièrement la mémoire du mort ; entre autres le
sieur Maillardon, Prieur des Jacobins de ladicte Ville, avec plusieurs
de son ordre, le Prieur des Carmes avec bon nombre de ses compagnons, & les meilleures voix des musiques de Sainct-André & Sainct-
Sueurin.

Vindrent aussi de ladicte Ville, (esloignée de celle de Bazas de neuf
grandes lieues), force particuliers, poussés par le desir de voir les
honneurs funèbres d'un si grand Prélat, cogneu d'un million d'ames
qui n'eurent jamais sa cognoissance, singuliérement les sieurs de Mon-
tagne, de Gaiac, Demons, & de Montplaisir, Conseillers en la Cour
de Parlement (1). De Condom vint le sieur Evesque d'Aure (2) pour
faire l'Office ; de Saint-Emilion, suffragante de l'Archévêché de
Bordeaux, furent envoyés des depputez, tant du Chappitre que du
Corps de la Maison commune. Finalement toutes les Villes du Diocèse
dudict Seigneur, y commirent de leurs Jurats & Eschevins.

Le dict jour venu, tout le Clergé se rendit en l'EglifeCathédrale en
habit décent, tant les Eccléfiaftiques diocéfains qu'eftrangers : pareillement aussi une multitude de peuple, pour prendre place de bonne

------

(1) Sur les sieurs de Montaigne et de Mons, voir l'*Histoire du Parlement de Bordeaux* par M. Bos-
cheron-Desportes et la *Chronique bordelaise* de Jean de Gauffreteau. Je ne puis rien dire des deux autres
magistrats, MM. de Gajac et de Montplaisir.

(2) La faute d'impression est évidente, l'évêché d'Aure n'existant pas. Il faut lire *evesché d'Aire*. Mais
ici se présente une difficulté nouvelle. Le siège d'Aire était vacant depuis la mort de François de Foix-
Candalle (5 février 1594), et il ne fut occupé qu'en 1607 par Philippe Cospean. Je suppose, avec M.
de Gères, que par *l'évêque* on a voulu désigner le vicaire capitulaire qui en faisait provisoirement les
fonctions.

heure. Et affemblé ainfi qu'il y fut, il marche en proceffion vers ledit Chafteau. Les mendiants, marchant chacun felon fon rang, avec croix affublée devant chacun ordre : puis fuivoient les Archipreftres & les Curés du Diocèse, felon l'ordre qu'ils ont accouftumé de tenir au Synode : enfuitte venoient les depputtes des Eglifes Collégiales, après les Chappelains & Chantres de l'Eglife Cathédrale, puis les Prébendiers & Chanoines de ladicte Eglife, & quatre ou cinq pas plus bas, marchoit ledict fieur Evefque d'Aure, habillé pontificalement d'une Mitre de damas blanc, Tunicelles de taffetas noir, avec chappe de velours plain, offrée de fatin blanc avec armoiries en broderie.

A fes coftés, & pour affeffeurs, il avoit MM. le Chantre & Ouvrier de ladicte Église, reveftus chacun d'une chappe de velours plain, auffi offrée de fatin blanc, avec armoiries en broderie ; et devant lui, les fieurs de Bretheau & Dujonca, Chanoines, faifans le Diacre & foubs-Diacre, couverts de courtibauts de velours noir, offrés de fatin blanc; avec pareilles armoiries. Devant lefquels marchoient encore leurs affiftants, portans leurs aumuffes, habillés de courtibauts de la mefme eftoffe ; tous lefquels ornements avec les fus-nommés, furent faicts aux frais & à la diligence de ladicte Dame de Sales, qui n'efpargna rien de ce qui pouvoit fervir à recommander le deffunct.

Arrivés donc qu'ils furent audict Chafteau Épiscopal, *Subvenite* eft chanté, & à mefme temps tout le Clergé fe mit en haye, pour donner paffage à la pompe funebre, qui fut telle.

Premièrement marchoit un maître de Cérémonies, reveftu de dueuil, avec un bafton noir à la main ; puis fuyvoient cent pauvres, deux à deux, habillés de robbes longues de dueuil avec capuchon, portans chacun un flambeau de cire blanche allumé, du poids de quatre livres, & fur iceux des écuffons ou armoiries d'argent fin. Suivoit après ledict Clergé au mefme ordre que deffus : puis venoient MM. du Chapitre, & enfuite le Corps dudict Seigneur deffunct, porté avec fon effigie, (habillée pontificalement, & comme quand il officioit), par les Prébandiers de ladicte Efglife, reveftus d'Aubes blanches, & les extrémités fouftenues par les fieurs Archidiacres de Pontac & Dupuy, & deux Chanoines dudict Chappittre, & ce au chant d'une continuelle mufique, qui refonnoit devant le Corps.

Devant ledict Corps, marchoient les Aumofniers dudict Seigneur,
l'un defquels portoit fur un grand couffin de velours noir, des Burettes
d'argent, l'autre le Calice avec fa Patene, & le troifiefme la Croffe,
lefdits Aumofniers eftant préalablement reveftus de leurs furpellis,
avec capuchon de dueuil ravalé.

De cofté & d'autre dudict Corps, marchoient douze cires d'honneur,
du poids de cinquante liv. chacun, enrichis auffi d'écuffons d'argent
fin : leurs porteurs eftant pareillement habillés de longues robes de
dueuil capuchonnées.

A cofté auffi dudit Corps marchoient les Officiers de la maifon dudit
feigneur, en nombre de trente-fix avec chaperons & manteaux de
dueuil : particulièrement le maiftre d'Hôtel & le Secrétaire, dont le
premier ayant fon efpée ceinte au côté, portoit un couffin de velours
noir, fur lequel eftoit le Chapeau Épifcopal dudct Seigneur, de couleur noire, avec houpes et garniture verte, duquel il fe para, quand
depputé du Clergé de France, il fut au-devant du feu Cardinal de
Florence, alors Légat du Saint Pere vers fa majefté très-Chreftienne,
& defpuis Leon X , tenant le fiége de Rome : (1) l'autre, fa cornette
de Confeiller d'Eftat & Privé, fur un couffin auffi de velours de la
mefme couleur.

Puis venoit ledict fieur Évefque d'Aure avec fes dicts affiftants, fuivi
dudit fieur de Pontac, Confeiller au grand Confeil, héritier & neuveu
dudict Seigneur deffunct, reveftu de dueuil, & dont la queue traînante
& longue, eftoit portée par deux de ces hommes habillés auffi de
dueuil. Et eftoit mené ledict fieur de Pontac par les fieurs de Montaigne & Gaiac, Confeillers au Parlement de Bourdeaus.

Suivoient après, les autres Confeillers dudit Parlement, fecondés
des Lieutenans Général & Criminel, & autres Officiers du Préfidial de
ladicte Ville de Bazas, puis les Juges ordinaires, après le Procureur

(1) Alexandre Octavien de Médicis fit son entrée à Paris le 21 juillet 1596. Voir sur cette entrée une
note des lettres inédites de *Guillaume du Vair* (1873, in-8°, p. 14), note où, sous l'éloge fait du légat
par Du Vair qui l'appelle familièrement un *bon compagnon* et vante son extrème franchise, j'ai cité deux
passages encore plus élogieux du *Journal* de Pierre de l'Estoile et de la *chronologie novennaire* de Palma
Cayet.

du Roi en la Prévoſté, avec le Prévoſt de l'Église, les quatre Jurats venoient après avec la robbe mi-partie de noir et de rouge suyvis de leurs quarante Conseillers, & enſuite marchoient les depputès des Villes de la Séneſchauſſée, avec le reſte des Bourgeois et autres Habitants de ladiƈte Ville.

Ladiƈte Dame de Sales, dont les yeux fourniſſent des pluies éternelles pour tremper dignemeni les cendres du mort, ſuyvoit après toute eſplorée, et à ſes bras eſtoient deux Gentilſhommes, qui ſoutenoient ſon dueil. Pareillement les Dames Dosi, de Lalane, & d'Availle, qui la ſuyvoient eſtoient auſſi menées par des Gentilſhommes, puis venoient les Lieutenans de la diƈte Ville, après les femmes deſdiƈts Officiers Préſidiaux, finalement toutes les autres dudiƈt lieu : leſquelles ne donnoient pas moins de larmes à la mémoire du défunt, que celles qui luy eſtoient proches.

Avec ceſte pompe, on fait le circuiƈt de la place de ladiƈte Ville, à laquelle ladiƈte maiſon Épiſcopale est adjacente ; & arrivé qu'on est en ladiƈte Égliſe Cathédrale, leſdits cent pauvres préalablement reangés en haye dans la nef pour laiſſer paſſer le convoy, on met lediƈt Seigneur ſur un cerƈueil haut eſlevé dans une Chapelle ardente, dreſſée au milieu du chœur : ſur laquelle bruſloient cinq cens cornaliers de cire blanche, du poids d'une livre & eſtoit ladiƈte Chapelle tout plein ſpacieuse, & enrichie par le haut de ſept piramides, faites à petite eolonnes, jettans de leurs poinƈtes des croix de Lorraine doubles, ſouſtenant des cierges allumés.

Le dedans de ladiƈte Chappelle eſtoit garni d'une ceinture de velours noir, ſemée d'armoiries, & ſur les extrémités d'icelle, aux quatre coings de ſes baluſtres, eſtoient des ſiéges occupés par quatre Vicaires, veſtus d'Aubes blanches, gardans le Corps. Auſſi eſtoit tout le chœur & nef de ladite Égliſe garni de luminaires de meſme cire, & du meſme poids, portées pied à pied par une corniche faiƈte exprès, de laquelle ſe laiſſoit tomber une ceinture de velours entre deux de drap, femé ledit velours d'armoiries, & écuſſons dudiƈt Seigneur.

Le cimetière, qui n'eſt pas des plus petits, & qui ſert comme de baſſe-cour à ladiƈte Égliſe, eſtoit auſſi tendu d'une ceinture noire, ſemée d'armoiries : & à l'entrée de ladiƈte Égliſe, & ſur ſon frontispice

eſtoit un grand tableau noir, monſtrant les armes dudiƈt Seigneur, qui
ſont un pont d'argent en champ de gueules, un lac paſſant'par deſſoubs,
& eſtoient portées leſdiƈtes armoiries par deux griſlons.

-Le letrié *(lutrin)* (1) de ladiƈte Égliſe eſtoit couvert d'un grand tapis
noir, ſemé de larmes blanches, pareillement le banc des Chantres,
logé·vis-à-vis, comme auſſi les ſiéges de la muſique, diſpoſés de coſté
& d'autre ; les Preſtres, autres que ceux de ladite Égliſe, ayant pris
place ès galeries du chœur, afin de laiſſer le dedans libre aux depputés des Villes de la Séneſchauſſéc, & habitans de ladiƈte Ville de
Bazas : & delà avant ils participoient aux fruits ſacramentcls de la
Meſſe, qui ſe diſoit au grand Autel par ledit ſieur Eveſque d'Aure,
habillé ainſi pontificalement comme dit est : lediƈt grand Autel eſtant
préalablement orné haut et bas d'un parement de velours noir, croiſé
de ſatin blanc, avec armoiries en broderie ès quatre extrémités, & le
deſſus d'icelui garni de douze gros chandeliers d'argent, portant des
cornaliers de cire blanche, enrichis auſſi d'armoiries.

.Sur iceluy eſtoient auſſi deux des Mitres dudit Seigneur, l'une de
toile d'or pleniere, l'autre d'eſmail en broderie de perles, & devant
elles des couſſins de velours noir, pour ſervir audiƈt ſieur Officiant ; la
Crédance qui eſtoit à ſon coſté, eſtant ornée de deux autres Mitres de
damas blanc, avec des chandeliers d'argent, Burettes, Caliees, Ciboire, & autres pieces de l'argenterie dudit Seigneur deffunƈt. Et la
Meſſe diƈte avec tout l'éclat qui ſe pouvoit, & qui touchoit au mérite
du mort, l'Oraiſon funebre fut prononcée par ledit ſieur Archidiacre
Dupuy : après iaquelle lediƈt ſieur Eveſque d'Aure vint à la porte de
la Chapelle ardente, & pria ſur le Corps, puis entra dedans et miſt
beaucoup de temps à encenſcer le tour du cercueil, pendant lequel la
muſique chanta touſjours, & fut continué ledit office les deux jours

(1) Le lutrin a été jadis appelé *letrin, lettry, letirain,* mais ni le *Dictionnaire de Trévoux,* ni le
Dictionnaire de M. Littré ne donnent la forme *Letrié,* que je retrouve (au mot *Letrier*) dans le *Dictionnaire des idiomes romans dn midi de la France* par M. Gabriel Azaïs (t. II, p. 475).

fuivants avec la mefme cérémonie, par ledit fieur Évefque ; & après fon départ, durant toute l'octave, par un des Chanoines.

Or, eftoit auffi parée de velours noir, avec armoiries en broderies, la chaire où fut prononcée ladiçte Oraifon funebre, pareillement auffi les quatre Anges qui font fur des piliers de bronze au-devant dudiçt grand Autel eftoient voilés de noir, portans chacun à la main les armes dudit Seigneur. Et toutes les cérémonies achevées, le Corps fut mis dans fon lieu de repos, à la main droiçte dudiçt grand Autel, le jour que le deffunçt mefme avoit choifi par fon teftament & derniere volonté & qu'il luy fut bafti à neuf, aux frais & à la diligence de ladiçte dame de Sales, comme auffi toutes les chofes qui appartenoient au mérite defdits honneurs, où elle ne porta point une main avare, non plus qu'à la nourriture & entreténement des convocqués eftrangers, tant Eccléfiaftiques que Laïcs, qui furent tous défrayès à fes defpens, fans y eftre obligée, que de fa feule volonté & affeçtion qu'elle portoit au mort.

Auffi contribua-t-elle à toutes les aumofnes qui fe diftribuèrent pour l'ame du deffunçt, pendant que le Corps eftoit fur fon liçt d'honneur, & durant que les trois offices de fon Enterrement furent faiçts. Et fut ladiçte aumofne jufques audiçt Enterrement, d'un fol de pain, & les trois jours des honneurs, de deux fols, qui eftoient diftribués chaque jour à plus de trois mille pauvres, par un des Bourgeois de ladiçte Ville, à ce député. Auffi fraya aux frais du voyage des Preftres eftrangers, comme pareillement à la fonnerie des cloches, qui fut faite fans intervalle par tout le Diocèfe durant dix-fept jours, que le Corps demeura fur terre, fingulièrement en ladiçte Ville de Bazas, & Eglife Cathédrale d'icelle, où la chante-pleure fonna perpétuellement. Mefme qu'en quatre divers temps ; à fçavoir, le matin, au midi, le foir et à la mi-nuiçt, toutes les cloches fonnoient conjoinçtement trois diverfes claffes, l'efpace de demi-heure chacune.

Telle fut la fin de ce grand Evefque, telles fes Honneurs, & tel le dueil que fes amis donnerent à fa mort. Et parce que cefte perte ne peut eftre affez célébrée par les larmes humaines, nous prierons les Anges d'en faire le fujet de leur gloire ; & ouvrant les portes du Ciel à fon âme fainçte, fe glorifier en fon heur, & faire dire avec David à leurs lyres célestes : *Seigneur, c'eſt vous qui faites grace aux mortels, c'eſt vous qui les délivrez de la dent du lion : que voſtre miséricorde eſt admirable, & votre Nom Sainƌ, devant les lignées qui peuplent les terroirs de Juda et Israel ! ô Seigneur, que vous êtes grand, & environné de puiſſance.*

FIN.

ORAISON FUNEBRE

DE MESSIRE

ARNAUD DE PONTAC,

EVESQUE DE BAZAS

Prononcée par Monsieur G. Dupuy, *Chanoine, et second Archidiacre de Bazas.*

Pardonne-moy, Peuple Bazadois, fi ayant l'honneur d'eftre ton concitoyen, j'ay ofé avoir le courage d'accompagner de ma langue ce trifte & funefte appareil, & comme l'aviver & animer, pour t'exprimer par parolle ce que la douleur vouloît eftre fignifié tacitement par cefte pompe funebre. Pardonne-moi, je te prie, fi j'ay entreprins de t'entonner le plus lugubre cantique, que tu ayes jamais entendu: Pardonne-moi, je te fupplie encore une fois, fi en une trifteffe fi générale & univerfelle, mon cœur s'eft peu efpanouir, pour t'annoncer la plus pitoyable, la plus fafcheufe, la plus defplorée, & la plus piquante nouvelle qui t'aye jamais été rapportée.

C'eft que ce grand coloffe, non tant richement pourfilé, & dépeinct avec l'efmail de belles paroles par Daniel, qu'en effect magnifiquement & fomptueufement eftoffé, le refpect de nos Rois, l'efpouventail des ennemis du peuple de Dieu & catholique, l'appuy & fouftient de l'Eglife gallicane, l'oracle de la France, le recours des affligés, la lumière des Eccléfiaftiques, l'honneur des Prélats, le foleil de vertu, miroir de dévotion, afforti & compofé des plus riches métaux qui fe

puiffent voir ; dont la tefte n'eftoit qu'or en jugement & prudence, la
poiétrine qu'argent en netteté, pureté & chafteté, les cuiffes qu'airain
en fermeté & conftance, les pieds que terre en reconnoiffance de la
vileffe & infirmités humaine ; je l'ay veu renverfé, abattu, &
froiffé par une mechante petite pierre, non plus groffe qu'une
amande ; pierre non tirée & coupée d'un rocher, par main d'homme,
non cheute du Ciel, non compofée par art, mais par l'efgout & corruption de la nature : tellement que celle mefme qui lui debvoit eftre plus
favorable & desireufe d'entretenir ce beau, ce riche & entier édifice
que fi curieufement elle avoit moulé et bafti ; c'eft elle-mefme, qui
par je ne fais quelle inimitié en a procuré la démolition & ruine. Et
encor qu'elle femblaft avoir faiét naiftre tant de pierres fouveraines au
centre de la terre, & au ventre des animaux, comme néphretiques,
pierres eftoilées, befdouars, pour fon entretien & confervation : néanmoins avec un petit calcul (1) a voulu ruiner ce qu'en apparence elle
tenoit fi cher et précieux.

C'eft que ee grand cedre, (à l'ombre duquel tant de gens vivoient,
ès branches duquel nichoient tant de belles ames avec leurs bons
defirs ; fur le tronc duquel tant d'affligés s'appuyoient ; l'odeur duquel
attiroit tant de gens à aimer Dieu & à la vertu ; la hauteur duquel fervoit de guide & de fanal à tous les Eccléfiaftiques), a efté mis par terre,
& nous en avons pluftot fenti la cheute, que nous n'ayons apperceu
ni la cognée, ni la main qui a faiét le coup.

C'eft que ce grand Preftre Samuel, nourri, dès fon bas age, au fervice de Dieu, ce grand Confeiller des Roys & de leurs Lieutenans,
ce grand facrificateur, après avoir fied en fon pontificat trente ou
quarante ans, a quitté le monde pour allér regner avec Dieu : *Quis
fufcitabit nobis prophetam fidelem ?* Qui nous efclaircira déformais ès
chofes de la foi ? Qui nous y donnera déformais quelque bon advis
& confeil ?

C'eft que ce grand foleil & ce luminaire majeur, que Dieu nous

---

(1) Ce *petit calcul* ne fait-Il pas songer au « petit grain de sable » dont, à propos de Cromwell, l'élo-
quent Pascal parle dans fes *Penfées*.

avoit faict efclairer & reluire au firmament de l'Églife, illuminant non le feul hémifphere de fon Diocèfe, mais du monde tout en foy, rien pour foy, tout pour autruy, s'eft éclipfé, ou pour parler plus correctement obfcurci.

C'eft que ce grand Prophete Hélie, le zélateur de l'honneur de Dieu, l'efprit duquel à l'occaffion du malheur du temps l'avoit fait fortir des Cours des Roys & des Princes, abandonner les grandes & populeufes Villes, & faict renoncer aux grandes prélatures, pour fe venir tapir à l'abry de noftre folitude & dans nos fablonieres ; le zéle & dévotion duquel nous ont tant de fois gareanti contre les fléaux & décochemans de l'ire de Dieu, comme la pefte, la diffenterie, la guerre, après s'eftre de tout temps courageufement oppofé à ceux qui vouloient annéantir la liberté de l'Églife Gallicane & Catholique, nous a efté enlevé, & ravi fur le commencement du carefme, pour mettre fin à fes jeufnes, en un jour de Dimanche, pour donner commencemant à fon repos, à l'entrée du printemps, pour jouyr des délices printanieres du Ciel, *raptus est, ne malitia mutaret intellectum.* Et ne nous ayant laiffé pour tout gage, que le manteau de fon Corps, pleut à Dieu que comme je luy ay rendu affez long-temps le fervice d'Élifée, j'euffe auffy mérité, en recevant fa derniere bénédiction, qu'il me donna mourant, *factus effet in me fpiritus duplex :* afin de vous pouvoir difcourir tous fes mérites : puifqu'auffi je ne fçais par quel efprit prophétique j'avois efté adverti de fon defpart, comme Élifée de celuy d'Helie. Car en mefme temps qu'il tomba malade, il me fut advis en fommeillant que je le voyois porter en terre ; en mefme façon que vous l'avez veu cejourd'huy. Les larmes qui ruiffelerent de mes yeux m'occafionnerent de m'efveiller en furfaut : peu de temps après on m'apporta la nouvelle de fa maladie. J'y accourus : mais qu'ay-je veu ? Un grand & horriblement fanglant combat entre deux forces très puiffantes : l'une fe nomme la vie, montée, équipée, armée, ayant néanmoins force defauts & prifes ; l'autre montée fur un grand cheval blanc, tout coufu & décharné, & elle, qui reffemble pluftot une carcaffe & anatomie feiche, qu'un Chevalier tenant un dard en fa main pour ruer des coups mortels, *cui nomen mors.* Le champ de bataille a efté le fuppoft d'un grand & rare Prélat, leurs armes & boucliers invi-

fibles. Il y a eu plufieurs fpectateurs : on a efcrit de toutes parts, pour
avoir nouvelles forces, diverfes monftres de proceffions ont efté dref-
fées, plufieurs coups ont efté rués, la bataille a duré un ou deux mois.
Finalement la mort s'appercevant qu'elle n'en pouvoit venir à bout,
fe réfould d'ufer d'une ruze & ftratagème de guerre, c'eft de boufcher
le conduict des eaux, comme fit Holofernes devant Béthulie, ou
d'arrefter le canal des ruiffeaux, pour en ouvrant les digues, fubmer-
ger tout (1). Et ainfin fut fuffoqué noftre grand Capitaine, ainfi éclipfa
noftre foleil : & moi je m'efcriai : O mort, malhereufe mort, détes-
table mort, traiftreffe mort, ennemie de noftre bien, jaloufe de noftre
enbonpoint (2), envieufe de noftre repos, inflexible, inexorable,
implacable, impitoyable, irréconciliable, qui nous as ravi noftre bien,
qui nous as derobé noftre bonheur, & as ofté la vie à celui qui nous
donnoit la vie, indigne qu'on t'aye jamais dédié ny Temple ny Autel :
car difoit Orphée ουτε γαρ ευχαις σου πειθει μενος ουτε λιταισι, *O mors
quam amara recordatio tui !* qui fais blefmir & trembler d'effroy, les
plus vaillans, qui n'as pour regne que le pays de claquedent, pour
fubjets, que les morts pâlifiés, pour loix que l'immutabilité & infenfi-
bilité, pour guerdon, que le defplaifir, pour chants que regrets, pour
breuvage que larmes, pour mets que le cendre, pour habits que
deuil, pour habitation que ténèbres, pour parants que les vers & la
pourriture, *putredini dixi mater mea et foror mea vermibus. Subter
te fternetur tinea, & vermis erit operimentum tuum.*

Siccine feparat amara mors, fault-il qu'ainfin le troupeau perde fon
Pafteur, les enfans leur pere, le monde fon foleil, & moy, mon Seigneur, mon Maiftre, mon Prélat, & mon Mécenas, pour ne le voir
jamais, pour ne l'ouir jamais ?

Grave jugum impofitum eft fuper filios Adam. O fafcheux départ, ô
féparation eftrange, quitter ce qu'on ayme, rompre paille avec ce qui

---

(1) Ne trouve-t-on pas qu'en ce paffage, comme en bien d'autres, où les métaphores ne font pas
moins audacieufes, pas moins échevelées, Dupuy fe montre le trop digne émule de fon ami d'Intras ?

(2) Le mot, dit par un de ces chanoines dont le riant enbonpoint eft proverbial, me parait une des
plus fingulières chofes que l'on ait jamais pu fonger à introduire dans une oraifon funèbre.

nous eſt ſi cher, diſſouldre ceſte ſociété du corps & de l'eſprit, faire divorce d'un ſi aſſuré mariage, démanteler un baſtiment ſi bien cimenté. Avons-nous bien tant deſmerité en l'endroict de Dieu, n'eſtant point encore au monde, pour la ſeule faute de noſtre premier Pere?

Utinam de utero translatus ad tumulum. Que mon berceau ne m'a-t-il ſervi de biere, mon premier drapeau de ſuaire, & mon premier jour, que n'a-t-il eſté le dernier, pour ne voir ce dont la veue me prive de veue?

Omnis caro fœnum ; & omnis gloria ejus quaſi flos fœni. Ce n'eſt que moquerie, ce n'eſt qu'un jouet de fortune : noſtre vie n'eſt qu'une pure farce σκηνη πας ὁ ϐίος, και παιγνιον, dont diſoit, à bon droit, Flacus dans Philon, *deceptus ſum profecto : umbræ non res erant, & fallaces ſpecies illudentes oculis ; nunc velut experrectus nihil invenio.* Ce n'eſtoit pas ſans raiſon que le Philoſophe diſoit, que la nature s'eſtoit montrée mere aux animaux, maraſtre à l'homme de prolonger la vie aux beſtes ſi longtemps, qui ne ſont que pour l'homme, & la raccourcir ſi fort à l'homme. Miſérable, ſemble être la condition de ces petits vers, que le Philoſophe appelle éphémérides, pour ne vivre qu'un jour. Mais combien eſt pire celle de l'homme ; eu eſgard, que bien qu'ils naiſſent dans un elément qui conſume tout leur aage, dure pour le moins autant que le cours du ſoleil ſur l'hemiſphere : mais l'homme n'a aage quelconque déterminé, *nec certo perſolvenda die. Numerus menſium apud te eſt ;* ſemblable à la fleur de lin, à l'eſcume de la mer, à la toile d'araignée, à un poſtillon, à un navire voguant, chargé de pommes, à des feuillès, à un bouillon, à une flèche, appelant à ceſte occaſion les Grecs d'un même nom la vie & la flèche, ϐίος. *Sicut ſagittæ in manu potentis, ita filij excuſſorum.* Dont diſait le moqueur Lucien bien à propos. (phrase en grec que nous ne pouvons repoduire faute de caractères).

Tels & ſemblables eſtoient mes regrets, & mon eſprit reſſemblant les inſenſés & maniacles alloit treſſuant, travaillant & cherchant raiſon où il n'y en avait point, comment il ſe pouvoit faire qu'un corps ſi ſain & ſi entier, un eſprit ſi vif & ſi prompt, une ame ſi ſaincte, un ſi bon pere eût ainſi laiſſé ſes enfants orphelins.

Quelque temps aprés avoir eſſuyé mes larmes, je recollige mes forces, je huche mon efprit, rappelle mon courage, me reffouvenant de ce qui advint jadis à Rome, c'eft que leur premier Roi Romulus ayant affemblé fon Confeil hors la Ville, un orage intervint, qui les diffipe & fépare tous : après lequel néanmoins tous étant revenus en icelle, le Roy fe treouve à dire. Les yeux ne fourniffent point affez de larmes, il n'y a point affez de drap noir pour tefmoigner le deuil ; les Dames ne peuvent recevoir aucune confolation. Sur ces entrefaites furvint Julius Proculus, qui ayant affeuré les Romains qu'il l'avoit veu affis parmy les Dieux, le peuple fe confole & fe réjouit que leur Roy ait reçeu ceft honneur ; & croyant qu'il ne leur fervira pas de peu en cefte cour célefte : tout de mefme, moy je fuis la route qu'il a tenu, & furetant là-haut parmy les bienheureux efprits, je ne ceffe jufqu'à ce que je le recognois, *(erat autem hujufdem vifus). Oniam qui fuerat fummus facerdos, virum bonum, & benignum, verecundum, vifu modeftum, moribus & eloquio decorum, & qui à puero in virtutibus exercitatus fit, manus protendentem orare pro omni populo.*

Ne crois pas, mon Bazadois, que je te veuille vendre des caffades (1) : je te puis affeurer, que Dieu ennuyé d'avoir donné tant de fatigue à noftre bon Seigneur & Prélat, l'a enlevé là-haut, pour le falarier & guerdonner de la récompenfe qu'il avoyt promife, difant, *euge ferve bone & fidelis, intra in gaudium Domini tui, veni de libano & coronaberis*, & que comme un autre Onias à qu'il il reffemble, non moins en vertu & perfeétion, qu'en charge de prélature, il prie inceffamment pour toy, & continue ce qu'il avoit commencé pour toy, en ce monde. Les preuves en font trop évidentes & certaines ; la vie qu'il a mené ; une jeuneffe vieille ; une virilité religieufe & toujours occupée ; une vieilleffe mûre, ou comme parle faint Chryfoftôme, *canicies juvenefcens;* & finalement une mort glorieufe, le tout accompagné de tant de zele de l'honneur de Dieu, de charité envers le prochain, d'un foin incroyable de fa charge, & de tant d'autres perfeétions, qu'il fembloit un prototype de vertu, attandu la promeffe à laquelle Dieu

---

(1) Cette apostrophe aux Bazadais n'est-elle pas du plus haut comique, surtout après tous les prétentieux excès de rhétorique auxquels l'orateur vient de se livrer ?

même s'eſt attaché par la bouche de l'Apôtre : *Gloria & honor omni operanti bonum*, voir par ſa propre bouche, *qui me confeſſus fuerit coram hominibus, confitebor & ego eum coram patre meo*. Que ſi tu as la patience que je le te die & explique par le menu, car il n'y a pas meſhui de danger, encore bien que juſques ici il m'en ait empêché en diverſes occurences, diſant St. Chryſoſtome in St. Euſtatium : *Caret omni periculo prædicatio, neque reprehendi poteſt laudatio : non enim jam converſionem reformidat neque mutationem pertimeſcit*, attendu qu'autrement on ne peut eſpérer aucun proffit du ſilence, diſant, le meſme, *quoniam nullum emolumentum ſilentii aperte dicenda mihi omnia eſſe video*. Voici en peu de mots :

Révérend Pere en Dieu, Meſſire Arnauld de Pontac, Seigneur des Maiſons Nobles de Monbian, Hautbrion, Biſquetan, & autres, Prieur de Mons, Doyen de Saint-Emilion, Conſeiller du Roy en ſon Conſeil d'Eſtat & Privé, Eveſque de Bazas, Doyen des Prélats de France. Fut fils de Monſieur M, Jehan de Pontac, Seigneur de Sales, Scaffefort, la Prade, & autres places, Notaire & Secrétaires du Roy, Greffier Civil & Criminel au Parlement de Bourdeaus, & qui mourut Doyen des Officiers de la Couronne de France. Lequel eſtant aîſné de la Maiſon & Famille des Pontacs, une des premieres Maiſons de France pour la Robbe (& pour l'Epée) *nam provinciam totam inclitæ familiæ nobilitas complectitur*, encore que le Poëte diſe : *Nam genus & pro avos, & quæ non fecimus ipſi, vix ea noſtra voco*, & qu'Ælian ſe mocque de ceux qui cherchent leur gloire en leur parents, écrivant que *Marii & Catonis parentes ignorantur* ; néantmoins, puiſque la vertu eſt plus recommandable, quand elle eſt comme héréditaire en une maiſon & qu'on priſe plus le fruiĉt, quand on ſçaiĉt la fouche, il eſt à remarquer qu'iceluy ſieur Greffier eut de ſa première femme Damoiſelle Belon (1), cinq enfans ; l'aîné, le ſieur de Pes, & duquel la fille fut mariée avec

le Comte de Carlus, fort proche du Roy à préfent régnant (1) ; l'autre
le fieur d'Efcaffefort, reftant encore, fieur de la Prade, & Greffier.(2) ;
le troifième, le fieur M. Raimond de Pontac, Seigneur de Sales,
& Préfident aux enqueftes, l'honneur de l'intégrité de la Cour de Parlement de Bourdeaus ; Meffire Arnaud de Pontac, & Pierre de Pontac,
Chevalier de Malte, lequel mourut audit lieu, pour la défenfe de la
Foy. Iceluy faifant profit de ce beau Confeil de Platon : *Nefcitis quo*
feramini, qui cum ftudio pecuniis cumulandis incumbitis, filios, quibus
ea reliâuri éftis, negligitis, n'eut rien tant en recommendation, que
de bien nourrir & eflever fes enfants. C'eft pourquoi, après les avoir
fait inftruire au College de Guienne, foubs ces grands perfonnages
Gelida & Goveanus (3), envoya les deux, de Sales & de Bazas, pour
lors encore fort jeunes, à Paris : & après avoir fait beaucoup de profit
aux bonnes Lettres, de-là à Tholofe, pour apprendre la Jurifprudence. Là, il advint que comme en mefme temps nafquit cette
contention de Religion, il s'adonna fort foigneufement à la Piété
& Théologie, à quoy il fut piqué par la hantife qu'il eut avec M. de
Serés, Théologal de Tholofe. (4) Gentilhomme que Dieu avoit fait
fortir du fin fond du bas Limofin, (5) comme un autre Jofeph, pour
en ce malheüreux temps pourvoir à la nourriture de cette Ville Religieufe ; & fe joignit à luy avec tant d'affection, que ledict fieur Théologal eftant tombé malade, il defroboit à fon logis le fouper, & le
dîner, pour le lui porter ; chofe que maintes fois a efté dicte & réitérée

---

(1) Jacques de Pontac, seigneur de Pès, greffier en chef de la Cour de parlement de Bordeaux, laissa
de son mariage avec Suzette d'Aspremont une fille unique, Marguerite, qui fut mariée, le 12 avril
1589, à César de Bourbon-Busset, baron de Chalus.

(2) Sur Thomas de Pontac, baron de Beautiran, seigneur de la Prade, d'Escassefort, etc, ainsi que
sur les autres membres de la famille de Pontac qui vont encore être mentionnés, voir la généalogie
déjà plusieurs fois citée du *Nobiliaire de Guienne* (t. II, p. 355-356).

(3) Sur Jean de Gelida er sur les frères André et Antoine de Gouvea, voir le discours de M. Rein-
hold Dezeimeris (*De la renaissance des lettres à Bordeaux au XVI*e* siècle* p. 18-34), et le livre de M. Ernest
Gaullieur (*Histoire du collège de Guienne*, p. 75-245).

(4) Jean d'Albin de Valsergues de Sères mourut, archidiacre de l'église Saint-Etienne de Toulouse,
le 13 septembre 1566, avec une très grande réputation de piété, de savoir et d'éloquence.

(5) Les d'Albin, seigneurs de Valsergues, appartenaient au Rouergue. Voir leur article dans les
Documents historiques et généalogiques sur les familles du Rouergue par M. de Barrau (t. II, in-8°, 1854,
p. 209-216).

à fa louange, par un des premiers du Senat (1). Il entra foùvent en
difpute avec des Miniftres de la prétendue, ou entre autres une fois un
d'iceux voulant braver fur la langue Hébraïque, il luy montra qu'il
n'y favoit pas feulemant lire. Tout ceci donna un merveilleux préfage
de fa piété, probité & grandeur ; voulant croire que tout ainfi que
celuy qui mit le foleil dans fon fein, comme rapporte Hérodote,
devint grand Roy ; auffi luy, pour fourrer fa poitrine de fcience, arri-
veroit à quelque grade d'honneur, notamment au pere, qui préfagea
par là que Dieu l'appelloit à quelque chofe de grand. C'eft pourquoy
il fe réfolut le dédier à Dieu : & à ces fins ayant fait un voyage à Tholofe, & affifté aux difputes du fieur Préfident de Sales, envoya le fieur
de Bazas derechef à Paris, pour eftudier en Théologie, & à la langue
Hébraïque, le baillant en charge au fieur Génebrard, qui depuis eft
mort archevefque d'Aix (2) ; fous lequel il profita tellement, que dans
peu d'annees, & en l'an 1566, il mit en lumiere un commentaire fur
Sophonias, & autres Prophètes, tournés de l'Hébreu ; & l'année
après, fa Chronologie qui fut, peut eftre caufe audict fieur Génebrard
de l'inférer puis après dans la fienne, et n'en faire qu'un œuvre,
comme chofe faicte par ledict fieur, fortant de fa difcipline ; & ne fe
voulant, ledict fieur fon Pere, arrefter en fi beau chemin, pour le
perfectionner en ce qui eft de l'ordre Ecclefiaftique, fe réfolut de l'envoyer à Rome : & pour ce faire prenant occafion du voyage du fieur
de Rambouillet, que le Roy envoyoit ambaffadeur vers fa Saincteté (3),

(1) L'orateur en ce récit, n'est pas d'accord avec Guillaume de Catel, qui, dans ses *Mémoires de l'Histoire du Languedoc* (Toulouse, 1633, in-f⁰, p. 167) s'exprime ainsi : « J'ay ouy dire à feu M. Gene-brard, lorsqu'il m'instituoit aux bonnes lettres durant ma jeunesse dans sa maison à Paris, que tant luy que messire Arnaud de Pontac, qui fust depuis evesque de Bazas, deux des grands hommes de leur siècle, ayant entendu la grande réputation de ce vénérable personnage. ils viadrent exprès en la ville de Tholose pour le voir, sans qu'ils y eussent autres affaires, et advint qu'ils le trouvèrent et virent mort. Tellement que s'en estant retournés à Paris, ils firent imprimer son Tombeau tant en vers latins, grecs, que hébraïques. »

(2) Gilbert Genebrard mourut à Semur le 24 mars 1597. J'ai publié dans la *Revue Sextienne* de février 1880 une curieuse lettre inédite de ce ligueur repentant à Henri IV. Il y aurait bien d'autres lettres inédites à publier du maitre, de l'ami et du collaborateur d'Arnauld de Pontac, et il faut espérer que soit en Auvergne, soit en Provence, quelque bon travailleur ne tardera pas à s'en occuper.

(3) Charles d'Angennes, cardinal de Rambouillet, évêque du Mans, né en 1530, mort eu 1587, fut d'abord ambassadeur de France auprès de Pie V et, ensuite, auprès de Grégoire XIII.

le fit prier de le vouloir recevoir en fa compagnie. Ce qu'ayant obtenu,
le fieur deffunct s'y comporta tellement, que combien qu'il ne feuft
fon ferviteur domeftique, néantmoins il n'en avoit point qui fût plus
délibéré ni plus prompt à luy faire fervice, mefmement à la charge de
Secrétaire, à laquelle il affectoit de fe ftiller. Et bien qu'il s'y rendit
très-affidu & comme captif, ceft efclavage néantmoins ne fuffifoit pour
arrefter ce bel efprit, non plus que l'air le foleil : car il ne reftoit
pourtant de remarquer & coucher par écrit tout ce qu'il voyoit ou
oyoit. J'en ai veu quelquefois quelques fragments du journalier, mais
non fans admiration d'une fi exacte peine & travail. Il n'obmet point
de vifiter tous ceux qui avoient acquis quelque recommandation aux
lettres, de façon que ayant ledict fieur Ambaffadeur pris la route de
Marfeille, paffant par Valence, il alla visiter le Docteur Cujas (1), à
qui la Jurifprudence a tant d'obligation, qui fut très-aife de le voir ;
& en fignal de fon contentement, l'ayant convié à fouper, il y appela
tous les plus beaux efprits qui fuffent en l'Univerfité, & entre autres
l'honneur de noftre Guienne : durant lequel, comme de propos délibéré, tous ces jeunes gens l'euffent vivement & rudement attaqué de
divers propos, il fe défengaigea fi fagement de cefte meflée, que chacun s'en alla très-bien édifié de luy (2). La preuve qu'il fit auprès dudict
fieur ambaffadeur de fon efprit, foin & diligence, le fit merveilleufement recommander à tous dans Rome. Il lui arriva auffi un bonheur
en la mefme Ville, où les Lyons s'eftoient montrés reconnaiffants des
bienfaits reçus par des efclaves aux Sablonieres d'Affrique (3) ; c'eft
que d'autant que le Dataire ; lors qu'il paffa en France avec le Cardinal Alexandrin, avoit logé ches ledict fieur de Pontac fon pere (4) ;

---

(1) Jacques Cujas fut professeur à Valence de la fin de 1557 jusqu'au milieu de 1559 et (avec quelques mois d'interruption) de 1567 à 1575.

(2) Les historiens du grand jurisconsulte n'ont pas connu l'anecdote du souper qu'il offrit au futur
évêque de Bazas et où brilla tant ce dernier.

(3) Allusion à l'historiette du lion d'Androclès.

(4) Ce premier séjour du *cardinal Alexandrin* à Bordeaux n'a pas été signalé par les historiens de
cette ville ; ils n'ont mentionné que le séjour de l'année 1522. Voir *Chronique Bourdeloise* de Gabriel de
Lurbe (p. 33). *Supplément* de Jean Darnal (p. 80 verso et 81 recto).

& defireux d'en avoir quelque revenche, le contraignit de prendre fon logis qu'il avoit hors le Palais : & depuis continuant cefte mefme faveur & amitié, facilita telllement l'accès vers fa Sainéteté, que touteffois & quantes qu'il vouloit avoir audiance du Pape, il l'introduifoit à mefme qu'il avoit parlé des fignatures,

Porté qu'il eft de ces deux aîles ou arcboutans, il dreffe tellement fes comportemans, qu'il fe rend en peu de temps admirable à tous. Il entretient un honnefte train ; & encore bien que le fieur fon pere ne luy donnât pas grand eftat, & que de cela mefme il en rognât une bonne partie pour entretenir des gens de Lettres, à qui il le faifoit tenir en France, néantmoins il paraiffoit honneftement, n'obmettant rien de la civilité & honnefteté humaine : va voir meffieurs les Cardinaux, vifite fouvent l'Ambaffadeur, négocie de grands & graves affaires pour des Seigneurs de France ; comme entre autres du Cardinal de Bourbon (1) ; à l'occaffion de quoy il le fait fon Protonotaire, & eut depuis tant d'accès & de pouvoir chez luy & fur luy, que lorfque fes propres neveux vouloint obtenir quelque chofe, il falloit qu'il fût leur advocat & interceffeur. Son habileffe parut encore plus en ce qu'il favoit fi bien marier la négociation des affaires avec les Lettres, que l'un ne lui faifoit point oublier l'autre ; tellement qu'on ne l'appeloit point communément que le Doéteur François.

Le Pape Gregoire treiziefme avoit en ce mefme temps érigé trois congrégations des plus Sçavans qu'il peut recouvrer, l'une pour la correétion de la Bifble, l'autre de l'Hiftoire des Centuriateurs, & la troifiefme du Droit Canon. Il eft appelé en toutes trois, non fans une preuve fignalée de fon fçavoir & eftude, qui eft caufe qu'en une d'icelles, en laquelle préfidoit le grand Cardinal Hozius (2), comme on ne luy donnoit point affez d'attention, luy defpartit brufquemetn & en Gafcon, que fi cela luy couftoit tant comme à luy, il defireroit

---

(1) Charles de Bourbon, né le 22 décembre 1530, mort le 9 mai 1590, fut évêque de Nevers, puis de Saintes, archevêque de Rouen. C'est le Charles X des ligueurs de 1589.

(2) Sur le cardinal Stanislas Hosius, évêque de Warmie, que Grégoire XIII fit grand pénitencier de l'église, voir la *Chronographie* d'Arnauld de Pontac, et aussi les *Annales* d'un autre prélat gascon, Henri de Sponde.

avoir audience. Depuis il fut contrainct pour l'urgence de quelques
affaires, faire un voyage en France, lequels eftans expédiés, il s'en
retourna à Rome, où derechef il fe jeta aux mefmes & ordinaires
exercices, mais fur-tout à la dévotion, fe faifant promouvoir au grade
de Docteur en Théologie, en l'an feptante deux. Surquoy venant à
vaquer l'Evefché de Bazas ; le Clergé ayant faict election de luy, & le
Roy, l'ayant nommé, le Pape Gregoire en ayant fenti le vent, ne
peut affes fe conjouir avec luy, publiant tout haut, que dorefnavant
il commençoit à avoir bonne efpérance de la France, puis qu'on
appelloit & nommoit aux Evefchés des perfonnages de tel mérite, & fi
rompus aux affaires (1). Car tels font à defirer d'eftre promeus à telles
charges, veu que, comme difoit Nazienzene, *nautarum mos eft, ut*
gubernatorem non fubito faciant, fed per omnia nautica exerceant. Et
l'ayant appelé à foy, comme l'accès luy en eftoit fort facile, lui défend
de s'adreffer à autre, pour faire le rapport au confiftoire. Luy-mefme
donc fe rend fon folliciteur & rapporteur ; ne veut point qu'il fafle
aucune atteftation, *de vita & moribus*, le loue & paranymphe : veut &
requiert qu'on luy donne fes defpêches *gratis*. Quelque temps après,
& le jour Sainct-Emilion, tout ainfin que l'année précédente, il avoit
dit à Rome fa première Meffe ; à pareil jour il eft facré par le Cardinal

---

(1) Dans un recueil manufcrit de la Bibliothèque Nationale, qui faisait autrefois partie de la collection
Gaignieres et qui appartient maintenant au fonds latin (n° 17024), j'ai trouvé (f° 51) copie de ce fragment d'une lettre adreffée de Rome, le samedy le 22 novembre 1572 par le protonotaire de Pontac à
Gilles de Noailles, abbé de L'Isle et futur évêque de Dax : « Mercredy dernier je feus promeu en con-
siftoire de l'evefché de Bazas demain efpere eftre confacré. Je m'estimerais bienheureux fi cefte dignité
me peut donner de moyen de faire fervice à mes bons fieurs entre lefquelz je vous tiens le principal. Vous adviserez en quoy je vous y feray bon avec affeurance que ferez obey, » Rapprochons de
ce fragment un passage du *Journal* de François de Syrueilh, chanoine de St-André de Bordeaux, archidiacre de Blaye (*Archives hiftoriques du département de la Gironde*, t. XIII, p. 306) : « Monfieur maistre.
Arnaud de Pontac, fils de Monfieur le greffier de Pontac, doyen de Saint-Million et chanoine de Saint-
André, eftant à la court du Roy, l'envoya à Rome devers le Pape et eftant là, vaquant l'évesché de
Bazas, le Roy le nomma à noftre Sainct-Père pour tenir ledict évesché, qui fut tant eftimé et favori de
fa Sainteté que luy-mesme le propofa au consistoire et pour le tesmoignage de fes vertus, mœurs et
fuffifance. Et luy fit expédier gratuitement toutes provisions necessaires. Il fut receu audict confiftoire,
comme évesque le XIX° jour de novembre 1572. » Voir dans le *Journal* de F. de Byrueilh divers autres
détails sur Arnault de Pontac (pages 319, 330, 334).

Pelvé, Archevefque de Sens (1), à l'occafion de quoy, & en reconnoiffance & action de graces de ces bienffaicts, il legue au chapitre de St. Emilion, la fomme de quinze cens livres pour, de la rante en faire dire une Meffe à pareil jour. Finalement ce qui eut occafionné plufieurs autres, avec les attraits que donnent ordinairement les grandes Villes & Grand Cours, mefmement celle de Rome, qui faifoit dire au Poëte : *Nec me turba juvat, nec templo lœtor eburno. Romanum satis est posse videre forum*, de ne bouger de là, cela le contraignit pluftoft de s'en fortir, *spretis urbicæ luxuriæ delitiis* : picqué du defir de faire fa charge, & couper par ce moyen le filet de cefte belle fortune qui l'attendoit, comme de l'Archevefché de Narbonne. (2), (car ayant vaqué bientoft après en Cour de Rome, & à la difpofition du Pape, il protefta qu'il eût défiré de luy conférer) voire, il pouvoit avoir le chapeau de Cardinal ; d'où quelquefois en riant, il me difoit que fi c'euft efté chofe qu'il euft fort ambié & affecté, il eftoit en fon pouvoir d'y arriver, fans y employer ni Prince ni Monarque. Il part donc de Rome en l'an feptante trois, où il luy advint ce qu'on dit eftre arrivé à Anacharfis : c'eft que les Scytes ne le reconnoiffoient point eftant revenu de Grèce, à caufe qu'il avoit changé de mœurs : ainfin luy pour avoir merveilleufement bien cultivé fa vie, eft quafi mefconnu. Il fe tranfporte en la préfante Ville, où il eft reçeu d'un favorable accueil d'un chacun, comme apert par l'harangue prononcée par noftre Maiftre Caillau, Religieux de St. François, & imprimée à Bourdeaus ; & faict fon entrée en la préfante Ville, à pareil jour que le Sauveur du Monde au Ciel : où, comme un habille pilote, il donne ordre à la corruption des mœurs de fon Diocese : mais fur-tout commençant par le Temple, comme Noftre Seigneur, pacifie ce mau-

---

(1) Nicolas de Pellevé, né le 18 octobre 1518, tour à tour évêque d'Amiens, archevêque de Sens et archevêque de Reims, mourut le 26 mars 1594. J'ai eu l'occafion de rappeler *(Lettres inédites de François de Noailles évêque de Dax*, p. 25, note 1), que l'on a eu le tort de le faire mourir du saisissement causé par l'entrée du roi Henri IV dans Paris.

(2) Hippolyte d'Este, cardinal de Ferrare, archevêque de Narbonne, était mort le 2 décembre 1572.

vais mefnage qui avoit efté entre fon prédéceffeur & le Clergé (1) ; &
le manie tellemant, que jufques à la fin de fes jours, ce n'a efté qu'un
mefme jugement, affection & volonté. Voyageant en Cour, il y eft le
très-bien venu : on le fait Confeiller d'Eftat & Privé : la Reine mere le
prend en fi grande affection, qu'elle fe communique confidemment à
luy, & luy defcouvre fes plus fecrets fecrets ; ce qu'elle continua toufjours, mefme aux derniers Eftats de Blois, devant mourir. L'amitié
de laquelle, fi elle luy avoit efté d'un cofté honorable, luy feut bien
auffi défavantageufe & préjudiciable, quand à fon occafion le Roy
Henri III révoque l'eflection qu'il avoit faict de luy, pour eftre Chan-
cellier de France. Eftant de retour de la Cour, le foin & diligence
qu'il porte à la confervation de la ville, la bienheure bien tant, que
tandis qu'il y demeure, Dieu ne permet point qu'elle tombe entre les
mains de l'ennemy. Prévoyant néantmoins que tout eftoit & ciel
& terre, & que leur deffein n'eftoit que de l'attraper, tafche comme
un fage Loth de fe préferver de l'orage & embrâfemant, & fe retire à
Bourdeaus, fa chere Patrie, où Bazadois, tu fentis bientoft après le
malheur de fon abfence, par la prife & ruine de ta Ville ; & appris
combien eft vrai le dire de St. Chryfoftome : *Inhabitantium virtus*, &
pietas, hœc eft dignitas, & ornatus, & tutela civitatis.

Pour cela, il ne peut oublier ce qui eft du bien & falut de fon troupeau ; tantoft, ramaffant les bris ; affemblant divers Synodes, tantoft
à la Réolle, tantoft à Montfégur, tafche d'empefcher la démolition de
l'Efglife, en faifant offre de donner argent : fert aux Lieutenants de
Roy de Confeil, au fieur Amiral (2), au fieur Marefchal de Matignon,

---

(1) Ce prédécesseur était François de Balaguier. Dans le volume 17024 du fonds latin cité plus haut,
on a transcrit (f° 50) une lettre écrite par François de Balaguier, « de Bordeaux le 18 août 1565 »
à « Monsieur Monsieur l'evesque de Condom, prieur de Sainte-Livrade, à Sainte-Livrade ou ailleurs où
il sera [c'était Robert de Gontaut]. Le post-scriptum de cette lettre est ainsi conçu : Je prins possession
de ma dicte evesché de Vasas demain haura quinze jours par procureur. » Les rédacteurs du *Gallia
Christiana* n'ont pas connu la date du décès de François de Balaguier : elle est donnée par le *Journal*
de Syrueuilh (p. 280 du tome XIII des *Archives historiques du département de la Gironde* :) ce fut le 27
août 1752 que décéda ce prélat, lequel était au moins octogénaire.

(2) L'amiral de Villars (Honorat de Savoie) avait succédé à Blaise de Monluc dans le gouvernement
de la Guyenne en août 1570.

à fes diocéfains de fupport, & à tous de guide & d'inftruction : tellement que fa porte eft d'ordinaire auffy battue que celle de l'Eglife ;
de façon que s'il a quelque affaire ou dépefche, il faut qu'il l'aille faire
aux champs. Il procure l'affemblée du Concile de Bourdeaus (1), & y
eft député de la part du Roy avec Monfieur l'Archevefque de Vienne (2) ;
affifte aux affamblées du Flech & de Nérac (3) ; follicite & importune
tant, qu'enfin la Ville de Bazas eft remife. Remife qu'elle eft, comme
un fage Zorobabel, en rebâtiffant l'Eglife, fait rebaftir le Chafteau
Epifcopal, afin que l'efpée fouftienne la truelle, & n'a eu ceffe qu'il
ne l'aye redreffé en l'eftat que vous la voyez. Que fi l'édifice n'eft du
tout accompli & parfaict, il a néantmoins acquitté fa promeffe, que
mort ou vif il l'acheveroit, ayant légué une bonne fomme de deniers,
que vous fçaurez bientoft par fon teftament. Que fi fon deffein eft
fuivy, je crois qu'il pourra monter à quatre vingts ou cent mille efcus.
Eftant nommé de la province de Guienne pour affifter aux derniers
Eftats de Blois, comme lors du garbouge (4), il eut appréhenfion qu'il
ne fuft du nombre de ceux qui avoient efté couchés fur le livre rouge,
s'en court aux Jacobins, où fe tenoit l'affemblee du Clergé, et y ayant
rencontré les fieurs de Bourges (5) & d'Ambrun (6), avec force autres
Prélats, qui avoient pris l'efpouvente, tafche de les raffurer, & leur fait
prendre quelque bonne & faincte réfolution. Ce que n'ayant peu obte-

(1) Citons ici la *Chronique Bourdeloise* de Jean de Gaufreteau (t. I. p. 236, 237 :) « En cette année
[1582], au moys de novembre, l'archevêque de Bourdeaux, Antoyne Prevost de Sansac, tient son concile
provincial dans son archevesché, audict Bourdeaux ; auquel concile se trouvent touts les evesques ses
suffragants, à sçavoir : de Poitiers, Engoulesme, Xaintes, Périgueux, Agen et Sarlat. Mais, oultre
ceux-là, l'evesque de Bazas, Arnaud de Pontac, fils de Bourdeaux, et grandemeut confidéré et
recommendé pour sa rare doctrine et excellente piété, se trouva aussi audict concile, encores qu'il ne
fut pas suffragant de l'archevêché de Bourdeaux. »
(2) C'était Pierre de Villars, qui siégea de 1575 à 1586.
(3) La conférence du Fleix, dite aussi de Bergerac (parce que Le Fleix est voisin de cette dernière
ville) précéda d'un an et demi celle de Nérac. La première est de septembre 1577 ; la seconde de
février 1579.
(4) C'est notre mot *grabuge*. On trouve, au XVIe, la forme *garbule* dans les *Contes* de Cholières. On
dit en Provence *garbuje* et en Italie *garbuglia*.
(5) L'archevêque de Bourges était alors Antoine Vialart, qui allait mourir moins d'un mois après
l'ouverture des états de Blois, le 11 décembre 1576.
(6) C'était Guillaume d'Avançon, qui avait succédé, en 1561, au Cardinal de Lenoncourt et qui
mourut à Grenoble, en juillet 1600, au moment même où allait lui être remis le chapeau.

nir, voire ni les arreſter, s'en entre dans l'Egliſe, attendant ſa derniere
ſentence, & voulant mourir, ſi moûrir il ſaloit, bien préparé & dis-
poſé ſe confeſſe, & munit des Sacremens. Il lui arrive néantmoins
tout au contraire de ce qu'il craignoit. Car ſa probité & la bonne
odeur de ſa vie lui avoient acquis tant de faveur auprès du Roy, qu'en
meſme temps il eſt recherché de vouloir entreprendre les amenances
de la Princeſſe de Lorraine, mariée avec le grand Duc de Thos-
cane (1). Le Roy lui faiĉt toutes les démonſtrations de privauté qu'il
peut, juſques à le requérir un jour de vouloir fiancier une fille d'honneur de la Royne : & eut ceſte patience d'attendre juſques à ce qu'on
lui euſt apporté ſon rochet, combien qu'il y en euſt d'autres qui fuſſent
plus preſts, & qui luy enviaſſent ceſte faveur. En outre lui accorda le
placet & brevet de la réſignation de l'Archeveſché de Bourdeaux :
bref, lors de ſon deſpart, l'accola & l'embraſſa avec tant d'affeĉtion,
en diſant, Monſieur de Bazas, ſoyez-moy, je vous prie, bon ſerviteur,
je vous feray bon Roy ; que ce bon Seigneur m'a aſſuré ſouvantes fois,
qu'il en demeuroit tout honteux lorſqu'il s'en ſouvenoit.

Finalement, voyant que les affaires eſtoint troublés, renonçant à
toutes les prétentions dudiĉt Archeveſché, bien qu'il en euſt toutes les
dépeſches néceſſaires, voire expédiées en Cour de Rome, de peur d'engager par trop ſa conſcience, ſe range ici en noſtre Ville. Néantmoins
le temps, par la miſéricorde de Dieu, s'eſtant un peu reſſerrené, Sa
Majeſté le preſſe de la venir trouver : la Province pareillement le députe
pour aſſiſter à l'aſſemblée du Clergé. A l'occaſion de quoy s'eſtant mis
en chemin, comme il eſt averty que ladiĉte aſſemblée eſt différée,
entreprend un voyage vers Rennes, où il avoit quelques affaires à
expédier. Là il y eſt accüeilly généralement de tous les Corps de ladiĉte
ville, non comme Eveſque, mais comme Apoſtre. Il y faiĉt quelques
exhortations en donnant le Sacrement de Confirmation avec un merveilleux contentement, & applaudiſſement de tous. Les ennemis

---

(1) Ferdinand de Médicis ſuccéda, en 1587, au grand duc François, ſon frère, et mourut le 17 février
1609. On lit dans l'*Art de vérifier les dates* : Déterminé par Catherine de Médicis, reine de France, et
épouſa, le 30 avril 1589, Chriſtine, fille de Charles III, duc de Lorraine, et nièce de cette princeſſe,
qui l'avait élevée auprès de ſoy.

cependant qui avoient fceu fon defpart de la Guienne, prennent advantage de-là, font courir force faulx bruicts en Cour: il s'y achemine, après avoir donné quelque ordre à fefdits affaires de Rennes, & vifite en paffant le fieur du Mans, ce grand pilier de l'Eglife Françoife (1) : le Roy l'accorde & l'embraffe, & le fait importuner par Monfieur le Chancelier, de fe vouloir trouver au Confeil. Il préfide ordinairement à l'affemblée du Clergé, de laquelle il eft député vers le Cardinal de Florance, Légat du Sainct Siege, & defpuis Pape, furnommé Léon XI ; il affifte à l'entrée folemne qu'il faict dans la Ville de Paris. Ce faict, il s'en retourne icy, d'où depuis il n'eft parti, vacquant perpétuellement à ce qui eftoit de fa charge & de fon eftude, eftant vifité de tous les Prélats de la Guienne, comme de MM. le Cardinal de Sourdis, l'Archevefque d'Auch, l'Evefque d'Agen (2), & autres.

Vie, comme tu vois, exemplaire, heureufement commencée, plus heureufement conduite, très-heureufement finie & terminée ; vie qui a efté comme un firmament parfemé d'eftoiles, parterre diverfifié de toute forte de fleurs, un jardin enrichi de toute efpece de fimples, une boutique affortie de toutes odeurs, généralement un fondique de fçavoir, de vertu, de confeil, une tour de David, *omnis armatura, pendebat ex ea.* Perfonnage riche pour autruy, efpargnant pour foy ; tout pour autruy & rien pour foy ; riche des biens de fortune, de faveur, d'honneur, mais beaucoup plus des biens de l'efprit. Car comme c'eft ce maiftre reffort, qui meut & gouverne cefte horloge ; ce Roy qui fe fait remarquer fur toutes les puiffances & facultés du corps comme fes fubjets, ce Dieu qui gouverne & maiftrife tout, il n'y a pas de doute que les richeffes de l'efprit ne foient infiniement plus préférables que celles de fortune. Defquelles, dit St. Chryfoftome, in St. Lucia-

(1) Claude d'Angennes de Rambouillet avait fuccédé (3 avril 1588) à Charles d'Angennes, cardinal de Rambouillet.

(2) Nous n'avons pas à parler du Cardinal de Sourdis, ni à reparler de Léonard de Trapes, mais nous rappellerons que l'évêque d'Agen était alors Nicolas de Villars, qui siégea de 1589 à 1608, et au sujet duquel on peut consulter les *Documents inédits pour servir à l'histoire de l'Agenais* (1874, in-8°, p. p. 296-297 et 210-211).

num, [*ici phrase grecque*] que noſtre Bourdelois Duduc (1) tourne, après nous avoir fourni juſques icy le grec inconnu, *infidus eſt uſus, fructus inſtabilis, periculoſa poſſeſſio ;* voire que ce ſont celles ſeules qu'on doit rechercher, diſant, le meſme, *monumenta enim Sanctorum, non loculi ſunt & thecæ, ſed res præclarè geſtæ, ac fidei ʒelus & ſana apud Deum conſcientia.*

Platon diſoit que les Dieux s'eſtoint ſervis de divers métaux pour forger les eſprits des hommes, d'où j'infereray volontiers, que ſi ceci doit avoir lieu aucun, le ſien eſtoit tout or. Car c'eſtoit le bel eſprit, le plus prompt, le plus expéditif, le plus émérillonné, le plus inventif, qui ſe vit onques : & qui non-ſeulement, comme dit un jour un grand Perſonnage de noſtre Guienne, ſembloit avoir recueilli tout l'eſprit de ſa famille. Et ſi l'opinion de ce Philoſophe eſtoit recevable, qui vouloit qu'il n'y euſt qu'un eſprit qui avivaſt les hommes, il ſembloit faire en lui ſa principale réſidence.

Eſprit extreſmement ſoigneux, car il ne déſigna guere jamais d'aller en aucun lieu, qu'il n'y arriva à l'heure qu'il avoit projeté : devant qui rien ne paſſoit, voire en ſon extreſme maladie, qu'il ne mit ou fit rédiger par eſcrit : d'où ſouvent ce grand Archeveſque de Lyon n'agueres décédé (2), l'appelloit *lou pai dous paperots*, donnant meſme cela en précepte à tous ceux qui vivoint auprès de luy. Partie vraiment digne de celui qui a quelque charge ; mais principalement de ceux qui ſont mis en l'Egliſe pour ſervir d'eſchauguetes, comme ſont les Eveſques ; partie auſſi qui les recommande ſur toutes les autres, lorsqu'ils s'en acquittent dignement : veu que les oyſons furent jadis ſacrés à Rome, pour avoir par leur vigilance aidé à conſerver le Capitole.

Eſprit qui avoit de merveilleuſes conceptions, et qui reveſtues de la

---

(1) Fronton du Duc, né à Bordeaux en 1558, mort à Paris, le 25 ſeptembre 1624, était, comme le diſent les auteurs de la *Bibliothèque des écrivains de la compagnie de Jéſus*, (t. I, in-f° col. 1666), « très verſé dans tous les genres d'érudition ; mais ſa partie principale était la connaiſſance de la langue grecque et la critique des auteurs. » Voir ce que les PP. de Backer et Sommervogel ajoutent (col. 1669-1671) touchant les travaux de leur illuſtre confrère relatifs aux œuvres de Saint-Jean-Chryſoſtome.

(2) Pierre d'Eſpinac, mort le 9 janvier 1599. J'ai eu à m'occuper de ce prélat dans la *Revue des Queſtions hiſtoriques* de 1866, t. I (p. 615-617).

parole, reſſembloient les eaux des bains, qui tiennent de la nature & propriété du minéral, par où elles paſſent, ſi bien elles rapportoient la richeſſe & grace de bien dire, naturelle ; teſmoins les harangues faites devant Sa Majeſté, au nom du Clergé ; les prédications ordinaires, qu'à bon droit on peut nommer Oracles, n'y ayant rien de commun, rien de trivial, rien d'affecté, ains des conceptions toutes relevées & extraordinaires, juſques-là qu'il diſoit toujours mieux lorsqu'il eſtoit moins preſt.

Eſprit qu'il avoit cultivé d'une infinité de belles ſciences & de bonnes lettres, comme de Mathematique, Juriſprudence, Théologie, lecture de tous les bons livres ; de laquelle il eſtoit merveilleuſement avide, & glouton, de la connoiſſance des langues, mais notamment de l'hiſtoire, diſant avec Diodore, *cetera monumenta ad parvum tempus perdurant variis caſibus perturbata, hiſtoriæ virtus per univerſum orbem diffuſa ipſum, quod cetera conſumit, tempus cuſtodem ſui habet* : & qui l'enrichiſſoit de plus en plus journellement en liſant, dictant & eſcrivant juſques au dernier jour de ſa vie voire ajoutant qu'il falloit qu'un bon courage prit cette réſolution.

Pulchrumque mori ſuccurit in armis.

Eſprit doué d'un beau & ſein jugement & prudence admirable ; laquelle, comme ainſi ſoit que ce ſoit la principale piece, & le ſel que Dieu demandoit en tous les ſacrifices :

Nullum numero abeſt, ſi ſit prudentia.

c'eſt auſſi ce qui le faiſoit remarquer & rechercher de tous : c'eſt ce qui faiſoit dire à Arthabanus, parlant à Xerxes, *bene conſultare imperio luchrum eſſe maximum* : d'où venoit que les Lieutenants de Roy l'avoient pour leur conſeil, & le ſieur Amiral de Villars le choiſit, outre ce, pour eſtre tuteur honnorere de ſes petits enfants de Monpezat (1), & ce non ſans cauſe & ſubjet. Car il avoit des regles de

_____

(1) La fille de l'amiral de Villars, Henriette de Savoye, avait épouſé (juin 1560) M. de Montpezat, qui mourut à Agen le 17 décembre 1572, après avoir été quelques ſemaines auparavant gouverneur de Guyenne, en l'abſence de ſon beau-père.

negotcier, extrefmement propres & falutaires ; c'eft comme il parloit , faire la guerre à l'œil, faire parler que par truchement et perfonne interpofée, comme font ces grands politiques de la Chine , ou comme Dieu, qui ne fe communique que par Elémens mittoiens ; bref, ayant d'ordinaire en bouche , *fi in utroque peccandum* , *malim videri magis cautus quam minus prudens.*

Efprit doné d'une grande prévoyance, qui eft à l'ame ce que les yeux font au corps ; & de laquelle, Bazadois, tu fentis les effects lors de la dernière contagion, qui, ayant ravagé toutes les Villes circonvoifines, n'ofa attaquer la tienne, tant elle fe trouva bien remparée & munie par le bon ordre qu'il avoit donné, foit en appreft de drogues , foit de perfonnes qui euffent la fuperintendance, foit des loges & autres commodités néceffaires à ceux qui en feroient frappez. Mais , fur tout, les pauvres lors de la famine, qui continua de deux à trois ans, ont vu que fa prévoyance trouva moien de fournir du pain tous les jours, bien que le bled fuft fort rare , & qu'il ne s'en y trouva point.

Efprit qui eftoit toujours en action , & de qui on pouvoit dire :

Igneus eft olli vigor, & celeftis origo ;

& lequel à cefte occafion il falloit perpétuellement, comme un feu, entretenir & fromenter ou d'affaires ou de la lecture de quelque livre ; voire mefme quand il fortoit pour s'efgayer ; de façon qu'on l'euft toufjours trouvé ou priant Dieu, ou eftudiant, ou parlant d'affaires ; & qui pluftoft que d'eftre trouvé oifif, euft remué, comme Diogenes, fon tonneau tellement qu'eftant un jour à la Prade, maifon appartenante à fon Pere, n'ayant à quoi occuper fes gens, leur faict tirer l'eau du foffé : allant par pays & courant la pofte, il eftudie les Epiftres de Saint Paul.

Duquel la converfation eftoit fi douce, qu'on pouvoit dire autant de lui, que difoit l'Orateur François d'un grand Cardinal, *ipsis gratiarum manibus effictus ,* ou de Titus, que c'eftoit les délices des hommes riant à tous, aecueillant tous avec une maniere inimitable, & traitant non-feulement le payfan en payfan, l'homme de lettres en homme de lettres, le noble en noble ; mais encore entretenant chafcun en homme du meftier, avec des difcours propres à telle profeffion & meftier : vertu qui n'eft pas de petite recommendation, difant St. Chryfoftome, *omnis virtus bona eſt, maximè autem mansuetudo, & clementia; hæc nos homines indicat : hæc nos Angelis æquiparat.*

S'il s'eſtoit eſtudié d'embellir ſon eſprit & intellect, il n'avoit pas eſté moins ſoignéux de redreſſer ſa volonté ; c'eſt ce qui l'avoit rendu ſi compoſé en ſes mœurs & paſſions : voire de colere, que combien qu'il dit qu'un homme eſtoit une beſte, qui ne ſcavoit ſe courroucer, attendu que ſelon Clément, *mel bilem generat, & quod dulce, contemptum,* luy néantmoins fuyoit toutes les occaſions de colere & couroux, comme de viſiter les offices de ſa maiſon : car auſſy diſoit St. Bazile, *duo periculoſi ſcopuli, amor & ira.* Que s'il en eſtoit quelquefois eſpris, il ſe donnoit bien garde de battre & frapper perſonne, de crainte, diſoit-il, de faire ſes gens preſtres par telle impoſition de mains : voire d'en faire aucun ſemblant, ſuivant le conſeil de Pytagore, *tollendum veſtigium ollæ.*

Il avoit accouſtumé de ranger dans les regles de la ſobriété ce cruel & inſatiable créancier du ventre : car il ne mangeoit que deux fois le jour; ne buvoit que bien trempé, jeuſnoit deux jours de la ſepmaine, mais ſur-tout gardoit exactement les jeuſnes ordonnés par l'Egliſe ; bref, comme diſoit Platon, n'avoit ſoing du corps, que *propter harmoniam.*

Obſervateur exact de la chaſteté, teſmoin cette Damoiſelle, qui pour s'apprivoiſer avec luy, luy deſcouvroit les deſſeings & entrepriſes de ſon mary contre ſa perſonne : à qui, comme un ſage Joſeph, il aima mieux quitter la place, qu'acquieſſer à ſes impudiques amours ; vertu certainement digne de grande recommandation, ſelon ce que dit Sainct Athanaſe, *gravis exercitatio, dificilis continentia* : s'il eſt vrai que la vertu ou plus ardue & difficile qu'elle eſt, ſoit auſſy plus priſable. C'eſt pourquoi ce n'eſt pas de merveille, ſi Strabon raconte *plerosque Thraces eſſe ſine uxoribus, quos* χτιϛαϛ, *id eſt creatores nominant ſanctificatoſque & ὀβιουϛ, eſt minimè vivos,* car auſſy mennent-ils une vie angélique & ſurnaturelle. Laquelle recommandation paroiſt d'autant plus grande, qu'il y a difficulté en l'obſervation d'icelle : voire qu'elle ſurpaſſe le martyre, diſant Saint Chryſoſtome, *virginitas magnum quoddam martyrium ante martyrium videtur : ſunt enim crudeles quidam carnifices corporis voluptates, imo vero carnificibus crudeliores : nam vinculis torquent non manuſactis.*

Adjoutez à tout cecy ceste grande patience, soit à endurer les adver-
sités qui luy arrivoient, soit du Ciel, soit des hommes. Je scais plusieurs
avoir attenté sur sa vie, néantmoins il ne leur fit point pire chere (1),
quand ils le venoient voir. Il s'est repenti souvent d'avoir mis quelqu'un entre les mains de la Justice. Bref, quand il luy arrivoit quelque
douleur, il n'usoit point de ces rodomontades carabinesques, desquelles
Possidonius, qui estant alité & estant visité par Pompée, s'écrioit : *nil
agis dolor, nunquam te confitebor malum ;* ains de ces beaux traicts du
Psalmiste, *Domine, ante te omne-desiderium meum,* ou, *et à te quid
volui super terram ?* Et une infinité d'autres semblables.

Il n'y a rien qui corrompe tant l'estat de l'ame que la vaine gloire,
dont je ne scay si ce seroit point quelque mystère, ce qui est rapporté
par Pline, *esse in Africa quandam veneficam, quæ inficiat homines
laudando :* car il n'y a rien qui infecte & altere tant les esprits que la
vaine gloire. D'où disoit Jamblicus, *meminissè oportet arrogantiam,
jactabundam non esse ullo modo propriam-veris spiritibus, atque bonis.*
Ne jugez-vous pas que Thémistocle avoit perdu la trempe d'une belle
âme, lorsqu'estant interrogé *quam vocem libentius audiret,* il répond :
ejus à quo sua virtus predicaretur : & si en outre il advient qu'on ne
se fait pas seulement tort à soi, mais aussy à autrui : d'où disoit Sene-
que, que *superbia furtum stultissimum :* car par la vaine gloire on
dérobe l'honneur qui est deu à Dieu ; & on préjudicie grandement à
soy-mesme, contrevenant à l'Ordonnance de Dieu, qui veut, *nesciat
finistra, quid faciat dextera,* & à qui il advient souvent par telle
jactance, que les œuvres méritoires, dignes de la gloire éternelle, sont
rendues vaines, inutiles & venteufes, pour estre esventées. C'est pourquoy advertissoit sagement ce Dieutelet sa Psyche, touchant le fruict
qu'elle avoit dans le ventre ; sçavoir, qu'elle engendreroit, *si texiris
nostra secreta silentio, divinum : si prophanaveris mortalem.* C'est donc
l'humilité qui faict en luy, qu'il ne prend point plaisir qu'on lui dédie
aucun livre, compose force livres néantmoins soubs le nom d'autruy.
Il me défendit très-expressément qu'en l'ouverture de l'Eschole de

---

(1) On sait que le mot *chère* voulait alors dire bon *accueil.*

Théologie, que je fis en la préfence de toute la Cour de Parlement de
Bourdeaus, je ne fiffe aucune mention de luy, bien que ce fut luy
qui l'euft érigée, & que pour fon entretenement il defpendit mille
douze cens livres, fournit de l'argent à force jeuneffe, pour s'entretenir aux eftudes : neantmoins ne veut point qu'ils fçachent que c'eft
luy. Ne croyez pas touteffois que ce fut quelque fade humilité, prove-
nante d'un cœur lafche & moins viril ; ains, femblable au rocher
d'Arpafa, ville d'Afie, qui bouge, meu du doigt, refifte pouffé de la
force du corps. Bien qu'il fe montraft humble, ne laiffoit pas pourtant
de paroiftre courageux au befoin. C'eft luy, qui des premiers porta
la parole à Sa Majefté, de la part du Clergé, avec la réfolution & courage qu'il convenoit ; c'eft luy qui a aidé à mettre en liberté le Clergé ,
& qui refpondit un jour au Confeil de Sadiéte Majefté, qu'il portoit
auffy bien ; *par la grace de Dieu*, en fes tiltres, que le Roy ; que
l'Eglife maintenoit autant l'authorité du Roy par cenfures, que pouvoit faire le Roy celle de l'Efglife par armes.

C'eft une grande tentation que de fe priver des commodités préfen-
tes, *Beatus vir*, dit le Pfalmifte, *qui poft aurum non abiit* : il paroift
affez combien il avoit relevé fon ame de la terre, libéralifant fes
moyens. Il fournit tous les ans, durant mefme qu'il eft à Rome, fept
cens livres au fieur Génebrard, jadis fon maiftre, qu'il rogne de la penfion que le fieur de Pontac fon pere luy donnoit : luy prefte en outre
dix mille efcus, pour avoir les provifions de l'Archevefché d'Aix ; il
entretient deux Lecteurs en Théologie à Bourdeaus, à l'un defquels il
a donné quelques années jufques à fept cens livres de gages. Voire
eftant devenu inutile pour la lecture, à caufe de quelque paralyfie qui
l'avoit faifi, ne laiffa pourtant de lui bailler annuellement quatre à
cinq cens livres de penfion : il nourrit force pauvres Efcholiers à Paris ;
envoie fouvent de l'argent aux Séminaires des pauvres Efcholiers ;
quitte à fes débiteurs jufques à trois ou quatre cens efcus.

Le zele qu'il eut envers Dieu eft affez tefmoigné par fes traicts qu'il
avoit ordinairement en bouche : rien ne me picque que quand il y va
de l'honneur de Dieu. Et afin que vous cognoiffiez qu'il y avoit plus
que des paroles, il fe defpart du droict & prétention fondées fur la
réfignation qu'il avoit fur l'Archevefché de Bourdeaus, de peur
d'offenfer Dieu, & fa confcience : n'efpargne rien à rebaftir l'Efglife,

& protefle que mort ou vif il la fera parachever.

Il entrefeme fes difcours de quelque propos concernans Dieu. Mais avec quelle affection (je vous prie de vous en reffouvenir), recoureut-il ce nouveau Profélite, l'Advocat Berjonneau, pris & mis à rançon par quelques Soldats, au préjudice de la profeffion de foy qu'il venoit de faire de la Religion Catholique, faifant prendre les armes à chacun de nos citoyens, pour le redimer de prifon ? Quel foing & diligence rapporta-il, pour faire que l'exercice de la Religion Catholique fuft remis en Béarn, foit à donner des inftructions & mémoires à ceux qui eftoient depputés vers fa Majefté, foit à leur procurer de bons & doctes Prédicateurs, foit à les gager & payer leur viatique, foit à leur fournir tous bons livres, comme de controverfe, des livres fpirituels, de Caté-chifmes & de Chapelets ? J'eus cet honneur d'y avoir efté commis un des premiers : il ne fe contenta pas de me bailler argent pour faire mon voyage ; mais outre ce, il me donna une pleine malle de ces livres & chapelets : & fi continua de m'en envoyer, tout autant qu'il s'y trouva de commodité durant que j'y eftois.

C'eft l'amour de Dieu qui luy efchauffa les flancs de la charité envers le prochain. Il ne conterolle jamais fes gens pour argent, qu'ils difent avoir employé en aumofnes ; nourrit l'efpace de deux ou trois ans dix huict cens ou deux mille pauvres tous les jours ; il donne d'ordinaire aux Religieux paffans la douzaine ou vingtaine d'efcus : aux gens de lettres néceffiteux la cinquantaine ou centaine d'efcus. Jofephe, liv. 20 de fes Antiquités, faict eftat que *Helenæ charitas enituit in fuften-tanda fame Judeorum*. Mais combien eft plus recommandable la fienne, qui non-content d'avoir refufé l'hérédité du fieur Thaufede, Capitaine de la préfente Ville, lui perfuadant de la donner aux pau-vres, emploie en bled, pour leur nourriture, fept ou huit mille efcus en deux ans ; faict tenir le rôle de tous les pauvres de fa terre de Gans (1), afin de les affifter ?

C'eft auffy d'où venoit cefte dévotion, qui fait qu'il ne prie jamais qu'à genoux, & tefte nue. Il commence la journée par fes heures ; oit tous les jours Meffe ; la dict tous les Dimanches ; rend graces à table,

---

(1) Gans eft une commune de l'arrondiffement et canton de Bazas, à 6 kilomètres de cette ville.

toujours debout ; fort & entre en fa chambre par l'Eglife ; fupporte impatiemment d'eftre interrompu fur l'heure des prieres.

Sa Charge luy eft à merveilleufe recommandation : il prefche tous les Dimanches de l'Advent & du Carefme, defpuis par importunité de fes ferviteurs & amis, à caufe de fon aage, il fe reftreint aux jours folemnes ; vifite fon Diocefe inceffamment, procure la convocation du Concile Provincial de Bourdeaus ; n'efpargne aucun moyens, ny or ny argent, pour retirer du bourbier de l'hérésie ceux qui s'y font enfondrés. Il affectionne bien tant fon troupeau, que lors de la grand pefte I ne le voulut jamais abandonner, vaquant perpétuellement en oraions, proceffions, pfalmodies, prédications, & autres œuvres de dévotion. Bref, il ne confere jamais bénéfice qu'au préalable il ne s'en foit confeillé à Dieu par priere & oraifon.

Finalement, d'autant que la principale preuve de l'homme c'est la mort, *ubi ceciderit lignum, ibi erit,* et en laquelle, comme la nature faict fes derniers efforts, auffy la vertu fes effais. Vous aves veu fes déportements durant fa vie, peu ce qui fe paffa pendant fa mort. Tels furent fes grands élancemens de patience lors des affauts de fes plus piquantes douleurs, fortifié de beaux traicts de l'Ecriture, *sitivit in te anima mea. Deus meus in te fperavi. Adjuva Deus infirmitatem meam. Domine ante te omne desiderium meum, etc.*

Telle fut la réunion & réconciliation avec un fien proche, qui nonobftant le procès & inimitié qui eftoit entr'eux, l'ayant requis de vouloir trouver bon qu'il le vift, il le luy accorda fort volontiers, oubliant tout ce qui eftoit paffé : voire luy demanda fa bénédiction, offrant de luy donner la fienne.

Telle fut cefte dévotion finguliere que chacun recogneut en luy, voulant toujours ouir parler de Dieu, ou entendre la lecture de quelque livre fpirituel ; notamment au defir & affection qu'il avoit à la réception des Sacremens. Comme je luy eus dit un foir, que je le voyois recourir à beaucoup de remedes, que peut-eftre il vaudroit mieux recourir au Souverain, il me refpondit qu'il entendoit bien où je visois ; favoir, à faire fes Pafques ; qu'il le vouloit, & par ainfi que je me tinfe preft au lendemain matin : auquel bien qu'il fuft fort desbilhe, & que je l'euffe fait attendre affez long-temps, il m'appelle à foy & demande à fe confeffer. Vous fcaurois-je exprimer la doléance &

contrition qu'il teſmoigna avoir de ſes péchés, prononçant trois fois
quia peccavi, lorſqu'il récitoit ſon *Confiteor*. Ce faiƈt, je dis la Meſſe,
& à la fin d'icelle je luy portai le Sainƈt-Sacrement : lors il le print
entre ſes mains, & luy dreſſant ſa parole, luy diƈt les mots ſuivants :
*O ſalutaris hoſtia, ô panis ſalutaris, viƈtima vere ſalutaris : quæ
humano generi ſalutem peperiſti, ſalutaris viris, ſulutaris feminis,
ſalutaris vivis, ſalutaris mortuis, ſalutaris hominibus, ſalutaris Angelis. Ergo quæ omnibus ſalutaris, fis mihi ſalutaris.*

Telle fut l'inſtance qu'il fit à Meſſieurs du Chapitre de Bazas, illec
aſſiſtans, de ne l'abandonner point, ny de relaſcher les prieres & pſal-
modies, auſquelles nous vaquaſmes depuis les ſept ou huit heures du
matin juſques aux ſept du ſoir. Voire les dernieres paroles qu'il pro-
nonça, furent qu'on redoublaſt les prieres quelque temps apres ;
& cependant que nous diſions, *ſuſcipe Domine ſervum tuum*, & ce qui
s'enſuit, il rendit l'ame.

O malheur, ô déſaſtre ! excuſez Seigneur, ſi ce mot m'eſt eſchappé,
& ſi j'ay eu l'hardieſſe de me plaindre ; car à qui me puis-je plus juſ-
tement plaindre qu'à vous ? Ni quel ſubjet nous avez-vous donné
jamais plus ſuffiſant de ce faire que celuy-ci ? Vous nous avez oſtè
noſtre joie, & vous ne voulez pas que nous nous attriſtions ? Vous
nous avez fait éclipſer noſtre ſoleil, & vous trouverez mauvais que
nous diſions que nous ſommes en ténèbres ? Vous avez privé ceſte
pauvre Egliſe de ſon époux, & elle ne chargera point le dueil de ſon
veſvage ? Vous nous avez ravy noſtre pere, & nous ne nous eſſaierons
pas de le rappeller par nos cris ?

> *Pater mi, pater mi, currus & auriga Iſrael.*

Si tant eſt que vous & luy daigniez nous exaucer. Car combien en
aurions-nous plus de ſubjet de le demander, que ces premiers Chres-
tiens parlans à voſtre Apoſtre, & le priant de vouloir reſuſciter Thabita
trepaſſée, *oſtendentes ei tunicas & veſtes, quas faciebat illis*. Il n'y a
celuy d'entre nous qui n'oſe vous aſſurer qu'il tient pour la plus part
de luy, après vous, & les commodités temporelles & ſpirituelles ; qui
ne luy doive en partie la converſation de ſa vie ; de qui la bource a
touſjours eſté deſliée, la table couverte, la main ouverte pour un chascun. Vous ſçavez trop mieux, Seigneur, (ſi faut-il néantmoins que e

nous vous le confeffions), que cefte pauvre Ville, (pauvre à vrai dire pour fon affiette, riche néantmoins de miracles que vous y avez faict dès le commencement du Chriftianifme, & des faveurs que vous avez faict rofoier fur icelle), qu'elle n'eft remife à voftre fervice que par fon zele & induftrie. Mais ce lieu où nous faifons retentir vos louanges, rafé ces années paffées jufques aux fondemens, qui l'a rebafti & redreffé, que noftre bon Prélat ? Nous pouvons nous fouvenir de vous, que par mefme moyen nous ne le nous reprefentions ? C'eft pourquoy nous vous pourrions bien dire ce que difoit la Madeleine, *fi fuiffes hic, fi fuiffes hic,* fi nous ne vous avions offenfé par trop ; fi nous n'euffions méchamment provoqué & éperonné voftre ire & cholere ; fi nous euffions efté dignes d'un fi bon pere ; fi vous nous euffiez aimez ; fi vous euffiez veu nos larmes & regrets, vous ne vous euffiez pas ainfi traictés : *Pater nofter non effet mortuus.* Une chofe nous confole, que vous ne frappez que pour guérir ; attriftez pour refjouir ; tuez pour refufciter. C'eft pourquoy il vous plaira nous appointer un petit mot de requefte, contenant deux chefs, l'un pour luy, l'autre pour nous ; pour luy, que comme vous avez les yeux fi clairs, que vous voyez jufques aux plis & replis de nos ames, que quoyque les Anges ne fe fouillent en aucune ordure, néantmoins on dit de vous que *in angelis fuis reperit pravitatem,* que vous reffouvenant de quoy vous nous avez baftis & moulés, mettant en exécution les privileges de voftre miféricorde, fans avoir efgard à la rigueur de vos loix & juftice, s'il a apporté quelque noirceur de cefte terre d'Egyte, où il a demeuré par voftre commandement l'efpace de foixante ans, *tu venia mifericordiffime pietatis abfterge.* Plaftrez & merveillonnez de voftre fang, prix de noftre rachapt, les taches de fa face, fi aucunes en y a. Et comme il vous a logé en ce monde à fes defpens dans ce fainct Temple, vous, en revanche, le logiez là haut, *in templis non manufactis, ubi habitas.*

Pour nous, qui fommes vos vaffaux efplorez, attriftés & défolez, puis que ainfi vous plait, qu'attendu que nous commandez qu'on chériffe & favorife les vefves, vous ayez compaffion de cefte pauvre Eglife & Diocefe. Et puifque vous aves voulu nous rendre orphelins, nous nous puiffions affurer que, *tibi derelictus eft pauper, orphano tu eris adjutor.* Et attendu que vous nous avez privez de noftre bon

Maiftre & Prélat, ce foit voftre bon plaifir de nous prendre foubs voftre protection & fauvegarde.

Et vous faincte ame, vous voilà en poffeffion de ce que vous fouhaitiez tant, car vous difiez d'ordinaire, que vous ne vouliez rien acheter que Paradis ; & après avoir quité les ténébres de ce monde, êtes entré en la lueur Célefte. Hélas ! que nous raffrechirions bien volontiers nos larmes, & redoublerions nos fanglots & regrets, n'eftoit qu'il fembleroit que nous portions envie à voftre bonheur. Eft-il néantmoins question que vous mettiez en oubli du tout vos amis, & qu'enyvré de gloire & de foulas, à l'exemple d'Efter & de Judith, vous ne vous fouveniez de ceux que vous avez laiffés engagés & affiegés au monde ? C'eft pourquoy, vous n'oblierez pas ceux qui ne vous oblieront jamais, tant pour les bienfaicts receus de vous, que pour ce fainct & facré dépoft de voftre Corps, que vous nous avez laiffé, & qui tous les jours de leur vie renouvelleront ce fouhaict. *Sit tibi terra levis, fit tibi pœna levis.*

FIN (1).

(1) M. H. Ribadieu a imprimé, à la fuite de l'*Oraison funebre* les lettres du roi Henri III (25 septembre 1575), qui donnent à Arnauld de Pontac entrée et voix délibérative, non feulement au parlement de Bordeaux, mais encore dans toutes les cours fouveraines du Royaume. Je n'ai pas cru devoir reproduire ce document où l'on vante la « probité, fuffisance, prud'hommie et expérience et littérature » de l'evêque de Bazas, ainsi que « les bons et recommandables services qu'il a ci-devant fait à feu noftre très cher sieur frere et à nous, etc. ».

LAMENTATIONS

de la Ville de Bazas

FRAPEE DE PESTE

ORAISON

—

A moy les foufpirs de voftre deffaicte, à moy les regrets de la bataille, que vous avez perdüe, Seigneur. Qui peut mieux celebrer voftre infelicité que mes pleurs et mes larmes ? N'eft-ce pas moy qui vous ay livré à vos adverfaires ? N'eft-ce pas moy qui ay compofé de voftre prifon avec vos preneurs ? N'eft-ce pas moy qui ay fait l'office de voftre Apoftat Difciple ? C'eft ma cupidité, & mon avarice qui vous ont baillé à une troupe infidele : he ! que direz-vous de ce don, quand vous me donriez à voftre jugement ? Que direz-vous quand je feray affigné en voftre tornelle (1) irritée ? Sauveur je n'en puis plus, car voftre juftice pourfuit criminellement ma vie : Mais pourrez-vous demander mes cendres, vous qui les avez autrefois refufees à mille occafions criminelles ? Mon Dieu rappelez voftre ire : confiderez qu'en ces chaifnes, qui ferreroient ma

———

(1) Allufion à la chambre du parlement de Paris chargée des affaires criminelles, & qui empruntait fon nom de *Tournelle* à la *tour* où fe tenaient les audiences.

captivité, *voftre clemence ne feroit point fatiffaiĉte ; Et
d'autre part, à qui s'en prendroient vos glaives jufticiaires,
qu'à voftre ouvrage ? Quelle matiere battriez-vous en ruïne
que la voftre mefme ? Ne fuis-je pas cefte fubftance à laquelle
vous avez baillé une raifon animée, & une ame raifonnable ?
O Seigneur prenez ce placet, & faiĉtes l'interiner à voftre
grace : Qu'il vous fouvienne d'Abraham et de fa femence :
reprefentez-vous fa foy & la voftre, qui a juré par elle,
& par vous, de reftablir noftre empire, mais noftre empire
empiree : mais noftre empire fpirituel, celuy que la premiere
defobeïffance a laiffé miferablement ufurper à un morceau
defendu : vos Cieux ne font-ils pas le partâge des humains ?
Ne font-ils pas les possessions que nous devons accueillir,
non à caufe de mort, comme celles de ça bas, mais a caufe
de vie, comme celles qui ont leur quartier marqué en
voftre climat eternel ? Sauveur je veux croire que vous
ne disposerez point de ces biens à mon defadvantâge ;
ie fuis de voftre fuitte, & si j'ay renoncé à ce droict pour
avoir droict aux illicites plaisirs du monde, et de la fen-
sualité : je desire que le repentir me remette dans voftre
maison : c'est trop avoir flotté fur les eaux devorantes de la
piperie (1), il faut quitter le dedans de cefte Arche, puisque
la Colombe a prins branche : je m'en y vay Seigneur, mais
ce sera en tant que vous me tiendrez la main à gagner le
dehors ; fans vous je ne puis rien entreprendre, non pas*

---

(1) Décidément on avait le culte de la métaphore à Bazas, en 1605
et 1606, plus qu'en tout autre endroit du monde. L'exemple de d'Intras & de Dupuy avait été contagieux.

mesme de survivre à la journée qui me faict parler, non pas
mesme de survivre à l'heure qui faict agir ma langue ; à
vray dire le dessein est bien à ma puissance, mais l'execution
est à vous : c'est pourquoy pour executer ce que j'ay entre-
pris, je vous prierai de vouloir que ma sortie de chez ceste
maison sensuelle se fasse : & si elle ne se faict, pourray-je
prendre terre, afin de faire fumer les autels de vostre sainct
Temple ? Vous scavez que depuis le deluge de mes mauvaises
mœurs, ils ont esté deserts de mes sacrifices, mais des sacrifices que mon innocence, & ma pureté vous pouvoient faire
trouver agreables ; car plusieurs feux y eusse-je peu allu-
mer, qui eussent esté impuissans à percer vos Cieux : pour
faire des parfums qui tiennent le haut, il faudrait avoir
tousjours tenu vos sentiers, & jamais ceux de l'iniquité : je
n'ay pas cest advantage, Sauveur, mon Ayeul me l'a faict
perdre, rendez-le moy, c'est à vous, et si vous m'alleguez
que c'est à vostre sang, j'employe vostre voix, & veux bien
qu'il vous soulage d'autant, puisqu'il en a la charge : Pour
cela suis-je à ses pieds implorant ses misericordes, pour cela
m'a-il veu au Jardin d'Olivet (1), et aux autres lieux, où il
faict de sanglantes sorties au prejudice de vostre humanité :
il m'y a veu, Seigneur, & vous voyez que mes larmes ne ten-
dent qu'à submerger mon péché, cest escumeur de mon ame,
ce pirate qui a recherché à mille fois à mettre à fonds ma
vie, & vous me sauverez parce que vous me l'avez promis,
& vostre promesse tiendra, d'autant que vous estes la vérité

---

(1) Je n'ai sans doute pas besoin de dire qu'il s'agit là du *jardin des
Oliviers ?*

mesme, celuy qui ne rompt jamais sa foy, & qui garde tousjours sa parole, & comme tel vous recevrez les hommages de
mon humilité : car ce seront eux qui me lieront estroitement
à vous, non par ce qu'ils seront de ma race, mais d'autant
que leur racine procedera de vostre bonté, qui fructifiera en
moy, ces fruicts dont vostre clemence est obligee en l'endroit
de la beatitude du monde.

LAMENTATION

DE LA VILLE DE BAZAS

FRAPEE DE PESTE

Suis-je la ville tant affligee ? Suis-je la terre en laquelle on ne feme point ? Sauveur, fuis-je la cité exposee a voftre cholere ? Las ! que vous a faiɕ ma femence ? Qu'ay-je demerité envers vous, pour avoir merité de tomber entre les mains de voftre courroux ? Ceux qui me cognoiſſoient m'ont meſcognue ; je ne fuis plus à ce fidele deftin qui promenoit partout ma reputation : ma fortune eſt deftruite, helas qui reparera fes ruines ? Qui contribuera au reftabliſſement de ma felicité defmife ? Qui aura pitié de mes cendres ?

Seigneur, ne vous fuffifoit-il pas de m'avoir cy devant donnee à la guerre, fans m'octroyer de nouveau au plus cruel de vos fleaux ? Eft-ce pour luy, & non pour ma profperité que vous m'avez refervee ? Pouvez-vous, & puis-je voir tant de nuees meurtrieres fe fondre fur ma tefte ?

Au temps de mes peres, le foleil efclairoit à mes maifons, j'eftois en grace devant la lumiere, les clartez eftoient à ma deuotion : maintenant que je celebre en dueil mes adverfitez, je n'ay pour tout flambeau, que les obfcuritez de la nuiɕ, mefmes que mes nuiɕs font toutes obfcures, ou s'il leur refte quelque luminaire, c'eft feulement pour me faire appercevoir mes angoiſſes : & je me lamente, & nul ne me confole, & je hauffe mon haleine, & perfonne ne bouge : je crie au ciel, j'importune la terre, je reclame l'air, & prie les eaux de me fecourir, tous font fans oreilles pour mes fupplications, les hommes mefmes qui tiennent naturellement de l'humanité, ne m'entendent point, fi bien qu'efloignee de leur ouïe, & de leur fecours, on parle de mes miferes par tout, & tout retentit au bruit de mes miferes.

Miferable, qui ay tiré l'efchelle de tous mes bons heurs apres moy : ô moy infortunee : hélas ! mes facrificateurs, mes Juges, mes Magis-trats : ce fang que j'avois eflevé pour habiter mes domiciles, mon peuple, tout cela eft mis à la cadene (1) de l'ire du Seigneur, Bazas eft deferte, & les deferts font venus occuper fa demeure. Sauveur, cefte occupation n'irrite-elle point voftre juftice ? Ne vous deplait-il point, de voir vos oinéls, & mes enfants à la campagne ? Les uns & les autres fe font defmis de voftre fervice, & de mon obeiffance, ont quitté vos autels & mes murailles, fe font retirez de voftre Temple, & de mes maifons : ils m'ont delaiffee, & un ingrat naturel les a receus à mul-tiplier & à fortifier mes angoiffes.

Las ! & où eftes vous chere femence, ferez-vous, & feray-je toufjours errante parmy la folitude & le fang ? Ne verray-je plus voftre prefence, vous tiendrez vous toufjours au loing & au large de moy ? Quand verray-je voftre reftabliffement en face ? Quand feray-je remife d'où le courroux & la vengeance du ciel m'ont bannie ? Je n'en puis plus, & les excés de mon infortune affaffinent ma vie : Icy des morts, là des maifons fermees, icy des cris, là des craintes, icy des funerailles fans ceremonie, là des douleurs fans remede ; partout effroy, partout pefte, point de commerce, point d'offices charitables, là des foffes creufees, là des creux remplis, point de rencontres autres que des corps qu'on conduit à la tombe, force frappez, peu de reconciliez avec ces coups mortels & mourans ; toufjours feule, toufjours fans compagnie : fi bien qu'accomodant à mon vfage les termes de Ieremie, je puis dire, *comment eft mainte-nant affife feule la cité tant peuplee ? Celle qui eftoit grande parmy les gens, eft faiéte comme vefve, la Princeffe entre les provinces eft faiéte tributaire.*

---

(1) Chaine, du latin *catena*. Les Espagnols et les Provençaux appellent une chaine *cadena*. Nous difons en langue gafconne, *la cadenou*.

O revolution, ô inconſtance des choſes humaines, mes rües ne ſont plus hântees, elles ſont tranſſormees en champs verdoyans & verts, tous herbe, tous mouſſe, ſans trace aucune de mes habitans, parce que la longueur de mon inſelicité les a effacees : & pourtant ceſte longueur continüe, & toutefois mes advenües, qui devroient auoir leurs ſaces eſmaillees, ſont toutes batües : car mon danger, qui est un peril eminent à ma nourriture, luy faiĉt tenir le dehors, où pour plaire à ſa ſeureté, elle a conſtruiĉt des logis, convertiſſant la campagne en ville, & faiſant de ma ville une campagne inhabitee.

Ha ! quelle ville, dont les edifices ſont des petits couverts d'ais, & les habitans, des corps blecez à la mort, corps redoutables, ſubſtances dangereuses, figures humaines, hommes defigurez. Ha ! quelle ville, dont les rempars ſont deſpouilles expoſees au vent pour prendre le vent, draps contagieux, linges intelligens avec le venin, pour aſſaſſiner mes enfants : meurtrieres amorces, cruels heritages, qui convertiſſez, & reduiſez les proprietaires en une bande de morts, corſaires haleines, qui mettez à fonds ma ſemence.

Mais non vous, ains les ſecouſſes venteuſes de mon iniquité ; mais non vous, ainſ ma coulpe, qui paye ces orages impetueux qui ſoufflent ſur la mer de Giope, mer ouverte au naufrage des vaiſſeaux agitez de ſes ondes, ondes toutes faiĉtes au maſſacre, maſſacres touſjours alterez, & jamais aſſouvis du ſang des pilotes : & toutefois Ionas dort, & toutefois mon peuple ne ſe retire point du ſommeil du delice, perſiſte en ſes couſtumes deplorables, faiĉt trophee de la desobeïſſance, ne crainĉt & ne ſe ſoucie point de quereler le ciel : & moy, à qui ceſte crainte eſt plus familiere, je crie neantmoins ſans eſtre exaucee : *Qu'as-tu ? qu'as-tu à baiſſer ainſi tes paupieres dormantes ? leve toy, leve toy, reclame le Seigneur ton Dieu, & poſſible qu'il aura memoire de nous, & ne perirons point.*

Debout Bazas, aux armes, vous que le glaive du Tout-puiſſant n'a point encore frappez, & afin de vous oſter ces pavots des yeux, penſez que voſtre ſubjeĉt a dechaiſné ces vents et ces ondes qui troublent voſtre Nef : c'eſt voſtre peché qui a erigé en tourmente le calme des eaux, c'eſt luy qui les a irritees, c'eſt luy qui les a montees iuſqu'au haut des nuës. Ainſi par le peché, fut Lucifer tiré de ſon ſang glorieux, en la naiſſance du monde. Ainſi par ceſte porte, voit-on ſortir le premier

homme du paradis terreftre. L'Vnivers peche, & l'Vnivers fe voit noyé
dans les eaux du deluge : Pentapolis offence, & la flamme fut foudain
commife à tirer raifon de fa faute : Pharaon perfecute les enfans d'Is-
raël, & la mer rouge fes gens : Iuda faict revolte, & fa defobeiffance
fe veit ores attaquee par le feu, ores par les ferpens, & ores par les
armes des Levites : David faut, & la pefte (inftrument rigoureux de la
Juftice divine) faccage fes eftats : Samarie tranfgreffe, & les Lions la
devorent : Sion abufe de la clemence de l'Eternel, & l'Eternel enri-
chit le fceptre de Babylone, du fervage de Sion : ô rigueur, mais
pluftoft ô arrefts equitables de la Iuftice eternelle. Bazas eft auffi bien
comprife à la ruïne, comme à la faute de ces peuples, ils font auffi
bien compagnons de difgrace, que de rebellion.

Cefte ville, cefte cité, l'ornement de fa province & de fes tributaires,
faict tribut à la calamité, elle n'eft plus en la nature des chofes, comme
quand les chofes furent créees par la nature : ô Dieu, he ! que deviendra ma memoire ? perira-elle comme Sodome, ou vivra-elle comme
Argo, qui n'a que la memoire ? Ie fçay qu'elle a efté, & que Troye la
grande, la fuperbe Babylon, & la magnifique Ierufalem, ne font plus,
elles ont auffi bien renoncé à leurs raretez, que la puiffante Carthage ;
Bizance n'eft non plus qu'Athenes la docte ; & s'il faut interroger la
ville de Rome de fa condition, elle dira qu'elle n'eft non plus comme
en l'aage de l'antiquité, le miracle de toutes les villes du monde ; he !
je ne feray donc plus au monde, ny du monde, on ne reparlera plus
de moy, qu'à la façon des chofes paffees.

La ville, la ville tant aimee du fiecle de David, aura donc perdu fon
empire ? cefte ville aura donc veu les flambeaux efclairans à fes funerailles ? Qu'en dis-tu Sylla dans ta poudreufe demeure ? la jugeois-tu
mortelle, & à la mort quand elle te fervit comme de planche et de
pont, pour paffer à la deffaicte de Marius ? (1) Et toy Augufte, luy
adjugeois-tu ce malheur, au temps que fon heur repouffa tes con-
queftes, qui vouloient écheler fes murailles ? Rome, tu n'euffes jamais

---

(1) Il est superflu de faire observer que l'histoire de Bazas qui va être racontée, est une histoire où
la fantaisie tient plus de place que la réalité.

creu en fa decadence, quand ne la pouvant vaincre par armes, ny defarmer fa puiffance, tu l'appelois, avec les huit alliez de la liberté qu'elle difputoit, *Novem populonia*, comme neuf peuples, qui ne pouuoient tollerer ton audace : cefte ville fera donc deftruite, la ville, la ville qui toute remplie d'efprits, reffemble à ces fabuleux inftrumens de Vulcan, qui d'eux mefmes faifoient agir leurs ouvrages ?

Tv le fçais Aufone, qui né dans mes terres (1), & redevable à mes entrailles, de ta nativité, allas femer les lettres dans la ville de Rome, & en retiras pour moiffon, la charge Confulaire, cefte charge qui tenoit le premier rang de toutes les charges publiques, la charge honorable, cefte charge qui prefidoit fur toutes les autres ; car pour Paulin, furgeon de ma fubftance (2), Nole, ville d'Italie, tefmoignera tousjours que fa fuffifance l'a fis dans fa chaire Epifcopale, & fa faincteté dans les cieux, fa doctrine ès predications, & fa pieté aux œuures, luy ayant faict efgallement acquerir le ciel, & le monde.

Cefte ville verra donc fa gloire deffaicte, & fon honneur par terre ? la ville, que le grand, & toufjours victorieux Cefar a jugee invincible (3), cefte ville, le Temple, & le theatre de Mars, comme par honneur, Epaminondas en appeloit la plaine de Bœoce ? Cefte ville, où Lycurgus femble avoir accomodé fes loix ; à la fcience militaire ? la ville, la vraye boutique de la guerre, comme Xenophon difoit de la ville d'Ephefe ? cefte ville, où Cadmee fema fes dents, femence de foldats tous firmité des chofes humaines ; de ceft Arnault, dis-je, que nous avons veu comme un autre cedre, monté fur la crouppe du Mont-Liban, haut, haut & par-deffus la nüe, fi jamais Helie le fut, & maintenant, & depuis peu renverfé & faict comme un fonge au levé du foleil, au levé du trefpas, au levé de la mort, fans racine, fans branches, fans fueuilles, fi ce n'eft celles de fa reputation, qui confervent toufjours leur verdeur, au milieu des froideurs.

---

(1) Ausone ne naquit pas à Bazas, mais à Bordeaux. Ce fut son père Julius Ausonius, qui vit le jour à Bazas ; il alla exercer la médecine à Bordeaux.

(2) Saint Paulin naquit à Bordeaux. On voit que l'auteur de la *Lamentation* tire à lui toutes les célébrités du voisinage.

(3) Ah ! la bonne gasconnade !

O perte, ô dommage important à mon vtilité : *Qui nous fufcitera un Prophete fidele ?* Qui m'affiftera en cefte occafion de mifere ? Qui me reconciliera avec l'eternelle Providence ? Qui fera ma paix avec le Ciel ? Sauveur, il me fouvient que voftre cholere a autrefois prononcé, *Ie perfecuteray le Pafteur, & les brebis feront égarées :* mais à qui en veut-elle ? Si c'eft au premier, pourquoy faictes vous la guerre au fecond ? Si c'eft au fecond, que n'efpargnez vous le premier ? Mais à cefluy-cy n'avez vous rien à dire, puifque colee d'ouïe à la voix, et à la parole des Anges, j'entends qu'ils difent : *Il a efté ravi & emporté en ces voûtes facrees, de peur que la malice ne corrompit fon integrité :* C'eft donc contre l'autre que cefte menaffe eft aux champs. O malheur, ô prophetie qui monftre aujourd'huy le revers de fon ombre, car les ombres n'eurent pas fi toft noircy, & efteint ce vivant luminaire, que voila la pefte parmy mes enfans hors de leurs maifons, leur mere fans famille, eux fans familiarité, autre que celle qu'Ils avoient avec l'apprehenfion, & la deffiance, qui leur tenoient compagnie.

Sainct Pere, Sainct Pere, fi tu euffes efté icy, mon frere ne feroit pas decedé : je ne porterois point le dueil de ma fubftance, la mort ne feroit point entree dans mon heritage ; fi tu euffes efté icy, ceux qui m'ont abandonnee, prefferoient mes coftez, car ta prefence euft efté un argument de demeure à la leur, & tes devotions, un prefervatif contre mes malheurs : afteure (1), qui tirera la bride à leurs indignitez ? Qui fournira à la reftauration de mon Sanctuaire, s'il eft une autrefois abatu par les adverfaires ? Qui conftituera cent mille efcus à fa remife ? Qui remettra la religion ? Qui fera de fa maifon un feminaire de pauvres ? Qui retirera la pauvreté ? Qui la bannira de mes murailles ? qui murera ma foy, afin que l'herefie n'y puiffe pas entrer ? Qui me nourrira gratuitement, quand les quatre mois de famine feront venus ? Qui tiendra pendant cefte fterilité, quatre mille ou tant de perfonnes à fon ordinaire ?

Mon pere, mon pere, le cochier & la coche d'Ifraël, où es-tu ? Où eftes vous graces celeftes, qui fouliez prendre fur vous & fur voftre

---

(1) On a reconnu là l'expreffion fi fouvent employée dans la correfpondance du bon roi Henri IV.

foing, la profperité de ma fortune, ne vous fouvient-il plus de moy, comme quand les Huns, peuple infidele, & partie en la caufe de la fainde Trinité, faifoient la guerre à mes murs ; comme quand cernee de leurs armes, & defarmee de forces humaines pour leur refifter, vous fites lever le siege, & pleuvoir extraordinairement fur l'autel de mon faind Temple (l'Evefque officiant) un ternaire de gouttes d'eau, qui divifees, fe ramafferent à la veuë du monde, & firent un corps de leurs fubftances ? Ces feux, ces chantres, & ces autres vifions qui inti-midoient de nuid leur armee, de mes Tours avant, qu'eftoient-elles, que des fignes vifibles , & des apparences manifeftes du bien que vous me vouliez ? Bien, qui a efté une ouverture à vne pluralité de mer-veilles qui font nees chez moy, bien qui m'a baillé en garde un fang celebre, un fang verfé par Herodes, à la priere d'Herodias, & amaffé par celle dont je porte le nom, qui en fit prefent à mon Temple & mon Temple le tient encore en fes threfors.

Bazas ne fera donc plus ce qu'elle a efté, & ce que fon nom fignifie ? Ie ne feray plus ce *Vazatos*, receu, & approuvé par les grecs, pour un vaiffeau fleuriffam (1) ? Non : car i'ay renoncé à ce titre, & me fuis intitulee, la plus deferte & la plus miferable des villes. O ville, où font tes Citoyens ? Sont-ils liez aux chaifnes de Babylone, comme jadis les habitans de la riche Sion ? Si tu euffes creu à Ieremie, je veux dire à tant de Prophetes, qui t'ont donné de leurs exhortations, tu ne ferois point le fevere accompliffement de leurs propheties, ny euz les veri-tables augures des afflidions qui font venuës à toy : mais tu as mieux aimé tenter ce peril, que d'efprouver leur voix, qui s'en font retour-nees mefcontentes, foufpirans, & difans par les chemins : *en vain nous avons dit, en vain nous avons travaillé, & en vain nous avons employé nos forces.*

Et bien i'ay failly, fi a bien le Roy Ezechias. fi ont bien les enfans d'Ifraël, fi a bien le Prince des Apoftres : toutefois leurs larmes font intervenües, qui ont adouci leur meffaid : & vous, feigneur, les avez

----

(1) L'auteur de la *Lamentation* n'eft pas meilleur philologue que fidele hiftorien, et je donnerais bien ses étymologies pour n'avoir pas ses métaphores.

euës agreables, & vous les avez honorees, & vous leur avez donné vos loüanges : pour l'amour d'elles, vous avez rappelé la vengeance, & avez pensé vous venger tout plein, en remettant leur iniquité. Voicy mes digues ouvertes, voicy que mes pleurs imitent le courant des eaux de Cobar, & vous me pardonnerez, & vous agreerez l'offrande que j'ay voüee, & le vœu que je veux aller offrir dans voſtre Temple d'Vzeſle, Temple ietté hors la veuë des villes, & à deux lieuës de moy, où voſtre mere eſt recognuë abſolument apres vous, & où vous eſtes ſervy devant toutes choſes ; & pour accomplir ce devot miniſtere, & adminiſtrer le contenu de ce que je vous ay promis, me voila deſja en chemin, voilà ceux qui ſont reſtez de mon naufrage, & de la recherche de voſtre juſtice, apres voſtre Croix, qui marche à leur teſte, & eux la ſuivent, ſuivis du plaiſir de leur repentance, & du regret qu'ils voüent, au ſouvenir des maleſices dont ils ont deſhonoré voſtre honneur, vous voyez leur zele ; vous voyez l'ordre qu'ils tiennent, comme ils marchent en gens bien rengez, les innocens, & ceux qui n'ont encore franchy les degrez de l'enfance eſtans les premiers, puis vos Officiers, apres les Magiſtrats, & devant eux, le Vœu, dont leur foy eſtoit redevable au Temple où ils vont, puis le reſte des hommes, apres le ſexe des femmes, tant les vieilliſſantes, que les vertes d'humeur, tant celles que leur aage pouvoit excuſer, que les autres qui n'eſtoient nullement excuſables.

D'ailleurs vous appercevez ceſte foule circonvoiſine qui ſe joinct à eux, vous remarquez ces peuples qui courent de toutes parts à ceſte aſſemblee, comme les chemins ſont tous bordez d'hommes, comme ces hommes ſont un legionnaire bataillon d'ames armees pour voſtre ſervice, comme elles ſont animees au ſon des chants muſiquaux, & des muſiques chantees par les Chantres, qui reſonnent en ces valees, les Cantiques que Iuda a autres fois entendus ; & ainſi, & ſur les aiſles de ceſte harmonie, de ces hymnes penitentiaux, de ces chanſons contrites, ſe porter où vous eſtes, où vous avez promis de ſejourner iuſques en l'agonie du monde, iuſqu'à la fin du temps, & là faire un buſcher de leurs cœurs, pour y conſumer les reſtes de leur iniquité, & là reïterer le banquet ſacrifical où toute la terre ſoit appelée en la perſonne de ceſte douzaine ſacree que vous y conviates.

Sauveur, puifque mes prieres vous font allees ainfi trouver dans voftre fainct Temple, vous les exaucerés, voftre cholere eft conditionnelle : *Si la repentence ne fauve Ezechias, il paffera par le fer : Si Ninive ne procede à une reformation de vie, elle verra fes ruines :* mais Ezechias a reclamé la contrition, & fes jours ont efté termoyez : mais Ninive a quitté fes abus, & fa gloire s'eft eternifee. Penitence, penitence, au fac, aux cendres, à la haire, c'eft ce qui vous contente, contentez vous donc de ce que je fais, & de ce que je puis : *Mifericorde, Seigneur, foyez mon bras au matin, & mon falut au temps de la tribulation :* j'ay peché, j'ay fait iniquité : mais n'eftes vous pas le Dieu des pecheurs, & celuy qui va au devant des pervers ? *pourquoy s'eft voftre fureur armee contre vos fubjects ?* faites que voftre ire s'appaife, & fi vous n'en voulez pas rechercher le pretexte chez moy, au moins, *fouvenez-vous d'Abraham, Ifaac & Iacob.* Souvenez-vous de voftre Precurfeur, mon patron (1), de tant de miracles que vous avez logez dans mes murailles, de tant de faces venerables qui servent vos autels aux gages de leurs larmes, de tant de foufpirs versez, de tant de clameurs hazardees, de tant d'hazards paffees.

Et vous, Saincte Vierge, qui eftes l'aurore du jour, & de la felicité naiffante, qui produifez tous les jours des merueilles, comme fleurs novelles, qui fignalez tous les momens de voftre bonté, par les benefices que vous departez aux creatures, affiftés moy & faites defifter voftre fils de la pourfuite fanglante qu'il me fait : me voicy à vos pieds, me voicy dans voftre fanctuaire, non pour vous y prier par commodité, & à la façon de mon antique arrogance ; mais pour y accommoder mes paroles, à l'vfage de l'humilité : c'eft moy ; c'eft ce peuple autrefois irreverent, qui parle reveremment à vous, & vous l'exaucerez, & vous le reconcilierez à la clemence de voftre fang, & je raconteray vos merueilles, & je publieray vos louanges,

---

(1) L'église de Bazas est dédiée à Saint Jean Baptiste. Voir sur le sang de Saint Jean que l'on conservait, dit-on, dans cette église, les *Notes pour servir à l'histoire de la ville de Bazas* (*Revue d'Aquitaine*, t. XI, p. 366-67), ou la *chronique de Bazas* (t. XV des *Archives historiques du département de la Gironde*, p. 23-24).

& diray, parlant de vous, que vous eſtes ceſte colombe de
l'Arche, qui nous a porté le rameau de paix, & traiċtant de luy,
qu'il eſt ceſte ſouueraine puiſſance qui fit retirer les eaux du Deluge,
& qui commandera à ſes fleaux de faire large, ſi c'eſt choſe que vous
ayez agreable.

Deus nobis hæc otia fecit.

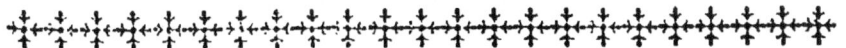

LETTRE

D'ARNAULD DE PONTAC A GENEBRARD

Gilb. Genebrardo Theologo et Regio Professori clariss. Arnaldus Pontacus Episcopus Basatensis.

A summo omnium rerum opifice Deo (mi Genebrarde) summis votis ac precibus unicè semper efflagitavi nostram antiquam studiorum tranquillitatem, ac illud honestum musarum otium, quo à tam multis annis unà usi sumus, ut et libros et studia repeterem, à quorum necessitudine me complura negotia abstraxerant : præsertim vero ut permultas observationes pretexerem. simul ac describerem, quas partim probatorum authorum lectioni,.partim eruditorum hominum consuetudine exceperam. Nam eruditionis laude celebratos convenire semper studui, meis in Urbem et totam Italiam peregrinationibus, de rebus maximè ecclesiasticis, aliisve insignioribus Christi conservatoris nostri salutarem adventum consequutis, ut Chronologiam, quam à viginti ferme annis cœpi emittere, auctiorem atque locupletiorem redderem. Verùm toto eo tempore perduellium motus identidem repetuntur, regni cuncta miscentes, vastantes, perdentes, in mea seorsum diœcesi, quam dum restaurare conor, atque ad antiquum Dei cultum, divinamque rem reducere, quam obsecro tranquillitatem, quod otium ad rem litterariam mihi superesse potuisse censes ? Adde sanctas expostulationes et querimonias ab antiquis Episcopis et pastoribus expressas, propter interpellationes, distractiones, labores nobis singulis pene momentis subeundos. Tibi notum est vetus Augustini dictum et querimonia : inter acervos occupationum, quibus nos alienæ vel cupiditates, vel necessitates angariatos trahunt, vix paululum spacii ad dictandum datur. Hinc quoties tranquilli tuorum studiorum status recordor (recordor autem sæpius, non tuæ felicitati invidens, sed mearum curarum miserens), quoties, inquam, illius recordor eumque comparo cum negotiorum fluctibus, quibus nos Episcopi aliquo ministerii nostri sensu tacti, obruimur, mihi statim illud Bernardi talibus occupationibus oppressi occurrit, Infælix ego homo natus ad laborem, implumis avicula, penè omni tempore nidulo exulans, vento exposita et turbini, turbatus sum, et motus sum sicut ebrius, omnisque scientia mea devorata est. Fœlices vos, quos abscondit Dominus in tabernaculo suo in die malorum, donec transeat iniquitas sub umbra alarum suarum. His ego similiter oppressus, cùm te excussionem tuæ Chronologiæ procurare, me vero otio destitui ad meam tam pauco tempore perlustrandam, cernerem, ad te ea duntaxat, quæ prompta parataque habebam, possum mittere. Si illorum aliqua publicam notitiam merentur, cense quaeso, decerne, tuo hic judicio utere. Ingentem quidem tibi gratiam habeo, quod me crebris literis hortatus sis ad illam perficiendam, et ad te remittendam, ut denuo subiret typos : sed majorem, quod singulari diligentia, summo erga Deum zelo, maximo erga cujusque ordinis homines beneficio, meam, sive tarditatem, sive cessationem compensaveris, quando perdoctam illam, insignem, operosam Chronographiam ante tres annos, non modo literatis non invidisti, verum etiam in meo nomine apparere, ac pro tua modestia et nostra benevolentia meam in Illam conferre atque inserere, annorum numero atque ordine servato, quem tenueram, voluisti. Quam, uti verum fatear, neque quicquam apud te dissimulem, adeo exactam, adeo absolutam reddidisti, ut à mea elaboranda deterrear. Nihil enim video scribi posse perfectius, nihil rectius. Interim, quoniam hujus generis argumentum patet amplissimè, potestque augeri, rursum quoniam, quæ de isto themate collegi, Reip. fore utilia judicasti, ecce exorari me patior : spero enim te illic nonnulla inventurum, quæ ad depellendum tenebras à curiosa inscitia et ab inscia curiositate exortas valeant, quantum sane expectat ad Ecclesiam et res in ea sanctissimè latas, atque institutas. Ad te praeterea brevi mittam, si otium Deus concesserit, notas et emendationes Eusebiani Chronici, à me jampridem inchoatas, nunc vero perfectas, quod, ut scis, crebris eruditorum questibus erratis, maculisque respersum est. Adjiciam meas ex Hebraeo commentariorum Rabbinicorum è Salomone Jarhi, Abrahamo Abben Ezra, Davide Kimhi in novem minores prophetas conversiones. Nam caeteri tres, id est. Abdias, Jonas, Sophonias ab iisdem illustrati, annis abhinc quatuordecim, mea interpretatione in vulgus manârunt. Hæc autem omnia tanquam ab antiquo profecta discipulo, per Deum, nostræque amicitiæ fidem, oro, relege, recense, corrige. Ego pro mea parte vehementissimè Deum interpellabo, ut te diu sospitem incolumemque Ecclesiæ servet. Vale.

Chronographiæ libri quatuor,... Parisiis, apud viduam Martini Juvenis... 1585, in-fol.

NOTE

SUR L'ÉPISCOPAT D'ARNAULT DE PONTAC

« Arnauld de Pontac, un des plus savants et des plus zélés prélats de son siècle, fut esleu à la place de François de Balaguier, en l'année 1572. Il eut le déplaisir de voir, durant son épiscopat, les plus grands efforts du calvinisme dans sa ville épiscopale, dans son diocèse et partout ailleurs ; mais ce furent des occasions de faire esclater sa science, son zèle et sa vertu. Il opposa courageusement la vérité à l'erreur, et le diocèze luy doibt ce qu'il conserve de catholicité. N'ayant pas de forces temporelles pour empescher la désolation des églises, il la veid avec douleur et pensa sérieusement à la réparer. Il y travailla pendant sa vie, et c'est par ses bienfaicts que son église cathédrale, qui avait esté entièrement dèmolie en l'année 1578, a esté rebastie, et M. le premier président de Pontac la feit achever en 1633 en exécution de son testament, et ceste belle église, tant de fois ruinée, se void encore aujourd'huy sur les anciens fondements, par la munificence de ce grand évesque dont la mémoire sera œternellement en bénédiction par les soings, la piété et le zèle de son illustre héritier ; il mourut en 1605, au mois de février, après trente-trois ans

d'épiscopat pendant lesquels il a rendu des services très considérables
à l'Eglise et à l'Estat, dans son diocèze, par une résidence et une vie
exemplaire, et par la force de son esprit et l'esclat de ses lumières
aux Estats de Blois, par ses remonstrances au Roy et des autres escritz
qui portent le caractère de la vigueur épiscopale et de la science des
Saintz ».

*(Notes pour servir à l'histoire de la ville de Bazas recueillies
par* Baluze. Bibliothèque Nationale. Armoires de Baluze, vol.
CCXI). (1)

(1) On cite dans ces notes (p. 569 du tome XI de la *Revue d'Aquitaine*) « les mémoires manuscrits
du sieur Dupuy, archidiacre « relatifs à la ville de Bazas et » qui sont appuyés sur l'histoire et sur la
tradition constante ». Ces mémoires ne peuvent être que ceux qui ont été imprimés dans le tome XV
des *Archives historiques du département de la Gironde* (p. 1-67) sous le titre que voici :

*Titulus Vazatensium. Chronicon conflatum ex fragmentis, manuscriptis et diariis illustrissimorum :
Garciæ, Raymundi, Arnaldi Poutzci, et aliorum episcoporum Vazatensium ; auctore Hieronimo-Geraldo
Puteano, Sanctæ theologiæ doctore, canonico, et archidiacono Valzamensi, in ecclesia cathedrali Sancti-Joannis
Vazati.* La *Chronique de Bazas* est dédiée à Arnauld de Pontac.

ACHEVÉ D'IMPRIMER

PAR JEAN CHOLLET IMPR. A SAUVETERRE DE GUIENNE

LE XX JUILLET M D CCC LXXXIII.

www.ingramcontent.com/pod-product-compliance
Lightning Source LLC
Chambersburg PA
CBHW060844250626
47162CB00005B/2155